Massimo Carlotto

Die dunkle Unermesslichkeit des Todes

MASSIMO CARLOTTO

DIE DUNKLE UNERMESSLICHKEIT DES TODES

Herausgegeben von der Süddeutsche Zeitung Edition
Ausgewählt von Peter Graf

Aus dem Italienischen von Hinrich Schmidt-Henkel

Die Begnadigung ist nicht die Belohnung für ein Geständnis, sondern eine Möglichkeit, Milde walten zu lassen, sofern ein öffentliches Interesse daran besteht, eine bestimmte Strafe auszusetzen. Die Verzeihung durch das Opfer in den Begriff der Begnadigung zu mischen ist demagogische Begriffsverwirrung. Die Begnadigung berührt einzig und allein das Verhältnis des Verurteilten zum Rechtssystem. Das Opfer des Verbrechens hat aus der Verurteilung des Täters alle Genugtuung erfahren, die ihm zusteht.

Giuseppe Maria Berruti
Rat am Obersten Gericht,
in La Repubblica vom 3. Januar 2003

Manch ein Richter wollte, würde die Wissenschaft ihm das Mittel dazu in die Hand geben, das Leben der Angeklagten um tausend Jahre verlängern, damit diese die tausend Jahre abbüßen könnten, die über sie verhängt wurden. Doch hat das nicht schon Gott getan, indem er die Ewigkeit erschuf, auf dass die Verdammten auf ewig die Qualen der Hölle erleiden mögen?

Rafael Sánchez Ferlosio

PROLOG

1989 – eine Stadt in Nordostitalien.

Der Angeklagte hatte eine geplatzte Lippe, blau geschlagene Augen, zwei Wattebäusche ragten aus der gebrochenen, geschwollenen Nase und zwangen ihn, durch den Mund zu atmen. Die beiden Vollzugsbeamten, die ihn stützten, mussten ihm beim Hinsetzen behilflich sein. Sein Haar war ungekämmt. Der Richter blickte entnervt zum Anwalt, er wollte wissen, ob er die Absicht habe, die Vernehmung vertagen zu lassen. Der Anwalt beruhigte ihn mit einem Schulterzucken. Erleichtert ließ der Richter den Gerichtsschreiber die Personalien der Anwesenden aufnehmen und fragte den Angeklagten, ob er zur Vernehmung bereit sei.

Raffaello Beggiato blickte den Anwalt an, der ihn mit einer schroffen Geste aufforderte zu antworten. »Ja«, brachte er mühevoll heraus. Sein Mund schmerzte, die Bullen hatten ihm mehrere Zähne ausgeschlagen, und er hatte sich die Lippe aufgebissen, als sie seine Hoden quetschten. Aber er hatte kein Bedürfnis, sich zu beklagen. Das alles gehörte eben zur Behandlung eines Verbrechers, der auf frischer Tat ertappt wurde. Wie hart sie ausfiel, hing davon ab, was man verbrochen hatte. Und sein Verbrechen gestattete jedem, der eine Uniform trug, ihm die Fresse zu polieren. Während er auf dem Revier saß, in dem Raum, wo sie ihn mit Handschellen an einen Stuhl gefesselt hatten, waren Beamte diverser Abteilungen vorbeigekommen, um ihm mit Vergnügen eine reinzuhauen oder ihm ins Gesicht zu spucken. Beggiato hatte sich nicht allzu viel daraus gemacht, das waren schließlich die Spielregeln. Er hoffte nur, dass sie ihn bald in den Bau brachten. Dort würde ihn niemand mehr anrühren, und er könnte sich darauf konzentrieren, einen Ausweg aus der Klemme zu suchen. Vielleicht war der Putzmann der Isolationszellen ja ein alter Bekannter und würde ihm eine Prise Koks beschaffen. Die hätte er brauchen können, um wieder zu Kräften und zur Besinnung zu kommen. Es hatte jedoch niemand nach ihm geschaut, und der Carabiniere, der die Gefängnisapotheke führte, weigerte sich, ihm ein Schmerzmittel zu geben. Vier Stunden lang hatte er auf der Pritsche gelegen, die von der Decke baumelnde Glühbirne angestarrt und gelitten wie ein Hund, während er über die bevorstehende Vernehmung nachdachte. Am Ende war er zu dem Schluss gelangt, dass ihm auch eine ordentliche Nase voll Koks nicht helfen würde, eine Lösung zu finden.

Der Richter schilderte den Fall, doch der Angeklagte hörte ihm nicht zu. Er kannte den Hergang zur Genüge. Er und sein Komplize hatten den Überfall einige Wochen lang vorbereitet. Es schien eine leichte Nummer zu sein. Sie hatten beschlossen, sich gleich zu kleiden, um der Sache einen originellen Touch zu geben; sie kauften zwei Sturmhauben aus dünnem Stoff, wie Motorradfahrer sie tragen, und zwei schwarze Samtanzüge. Die Waffen hatten sie sich schon vor einiger Zeit besorgt und mit ihnen ein paar Postämter und die Kassen von drei Supermärkten ausgeräumt. Am vereinbarten Tag warteten sie, bis der Juwelier und seine Frau nach der Mittagspause die Panzertür öffneten. Unvermittelt tauchten sie hinter ihnen auf und stießen sie ins Innere des Ladens. Der Juwelier redete den üblichen Scheiß, war aber bald gefügig und öffnete den alten Tresor der Marke Conforti. Drinnen lagen jede Menge Goldschmuck und erstklassige Edelsteine. Neuer und »antiker« Schmuck, so bezeichneten die beiden die Stücke, die zu ihrem schwarz betriebenen Leihhaus gehörten und in den Büchern nie auftauchten. Auf keinen Fall würden sie sie in der Liste der geraubten Preziosen aufführen.

Rund zehn Minuten lang stopften er und sein Komplize die mitgebrachten Taschen voll. Lange genug, dass die Polizei kommen konnte. Die Frau des Juweliers hatte einen Alarmknopf betätigt, von dem sie nichts wussten. Ihr Informant hatte geschworen, es gebe keinen Alarm in dem Laden, doch in Wirklichkeit hatte er das nicht kontrolliert. Man soll sich eben niemals mit unbescholtenen Bürgern einlassen, die gezwungen sind, illegale Wege zu gehen, um ihre Spielschulden begleichen zu können. Die stehen im Leben, als wäre es eine Partie Poker, sie verlassen sich aufs Glück und eine Handvoll Vermutungen.

Sie sahen einander an. »Scheiße, die Bullen«, sagte sein Komplize.

»Scheiße, verfluchte«, sagte er selbst.

Die Beute war das Risiko wert, mit der hätten sie fürs Leben ausgesorgt. Wenn sie nicht völlig zugekokst gewesen wären, hätten sie sich ergeben und so den Schaden begrenzt, jetzt aber kreisten ihre Gedanken gemütlich auf einer Umlaufbahn fern des gesunden Menschenverstands.

Er packte die Frau beim Hals und stieß sie aus dem Laden, die Pistole am Kopf. Sein Komplize schlug den Juwelier mit dem Pistolenknauf nieder und kam hinterher, die Taschen mit dem Schmuck geschultert. Alle schrien los. Sie selbst, die Bullen, ihre Geisel und die Passanten. Sie wussten nicht weiter. Plötzlich kam ein gelber Wagen aus einer Seitenstraße und blieb mitten in der Aufregung stecken, zwischen den Guten und den Bösen.

Das war ihre Chance. Hastig stießen sie die Geisel zu Boden und rissen die Türen des Wagens auf. Am Steuer saß eine Frau mit schreckensverzerrtem Gesicht, auf der Rückbank ein Kind, das seine Mamma fragte, was denn los sei.

Sie flohen mit ihren neuen Geiseln. Nur ein paar hundert Meter weiter wurden sie von der Verstärkung blockiert, die die Polizisten gerufen hatten. Er stieg mit dem Kind aus, drohte, es zu erschießen, wenn sie sie nicht vorbeiließen, und als er überzeugt war, dass die Bullen das jedenfalls nicht tun würden, betätigte er den Abzug. Die Kugel trat zwischen Hals und Schulter ein, durchschlug den Körper, trat auf der anderen Seite wieder aus. Das Kind plumpste auf den Asphalt. Für einen Moment übertönte der Schrei der Mutter jedes andere Geräusch.

Die Bullen standen erstarrt da. Sie mussten denken, dass sie es mit einem Anfänger zu tun hatten, der die Spielregeln nicht kannte. Es wäre nicht nötig gewesen, das Kind zu töten; ein bisschen Herumgeschnauze, und sie hätten sie durchgelassen. Sie waren doch nicht in Amerika, wo jeder wegen nichts und wieder nichts losballerte. Sie waren in einem ruhigen Städtchen in Nordostitalien, und der Körper, der jetzt am Boden lag, war der eines blonden Kindes, das eben aus der Schule gekommen war.

»Jetzt verhandeln sie nicht mehr«, sagte sein Komplize bloß.

Er kannte ihn, er wusste, dass er ihn mit Freude von hinten abknallen würde, doch er brauchte ihn noch zur Flucht.

Sie nutzten die Verblüffung, um weiterzufahren, aber alles war voller Bullen. Die Frau wollte nicht mehr leben. Sie schrie sie an, sie sollten sie auch umbringen. Der Wagen kam ins Schleudern, er war gezwungen, ihr den Wunsch zu erfüllen. Ein Schuss in den Bauch, aus nächster Nähe. In dem Moment bogen sie in eine Sackgasse ein. Das Mäuerchen an ihrem Ende war leicht zu überwinden, schon war sein Komplize auf der anderen Seite. Er warf ihm die Taschen mit der Beute hinterher und verlor so kostbare Zeit. Drei Streifenwagen kamen angerast. Ihm blieb nur die Wahl, sich zu ergeben oder zu sterben. Also warf er die Pistole weg, zog sich die Sturmhaube vom Kopf und ging auf die Knie, die Hände hoch über den Kopf erhoben.

»Die Frau ist vor einer Stunde gestorben. Die Ärzte haben sie nicht retten können. Das Kind war auf der Stelle tot«, teilte ihm der Richter mit.

Beggiatio sagte nichts. Er hatte ohnehin mit dem Tod der Frau gerechnet.

»Sie sind vorbestraft«, fuhr der Richter fort. »Ich brauche Ihnen nicht zu erklären, was das für Sie bedeutet. Wenn Sie ein mildes Urteil wollen, bleibt Ihnen nur eins, nämlich den Namen Ihres Komplizen zu nennen.«

Der Angesprochene spielte sanft mit der Zungenspitze am Stummel eines ausgeschlagenen Zahns. »Ich habe nicht geschossen.«

»Das tut nichts zur Sache«, antwortete der Richter. »Das Gesetz macht keinen Unterschied zwischen Tätern und Komplizen.«

Beggiato sah den Anwalt an, der mit hingebungsvoller Aufmerksamkeit die Spitzen seiner Schuhe betrachtete. Er musste ganz allein entscheiden, ob er den anderen verraten oder die Strafe auf sich nehmen wollte. Wenn er aussagte, würde das seine Haft verkürzen, andererseits würde er so seinen Anteil an der Beute verlieren, und sein Name würde den guten Klang einbüßen, den er in seinen Kreisen genoss. Nein, er hatte keine Lust, als Verräter dazustehen. Aus dieser Lage würde er nicht so billig davonkommen.

Er beschloss, eine würdige Haltung anzunehmen. Schließlich lebte er schon seit zehn Jahren als Verbrecher. Er zog sich die Wattebäusche aus der Nase, um deutlicher sprechen zu können. »Ich kann den Namen nicht nennen«, sagte er dreist. »Sonst kann ich später meinen Teil der Beute nicht genießen, das wissen Sie so gut wie ich, Herr Richter.«

Der Richter lächelte zufrieden. Beggiato war ein richtiger Idiot. Dieser Satz würde die Richter an der Zivilkammer empören und ihre Rachelust anfeuern. Bevor er weitersprach, versicherte er sich, dass der Schreiber alles wörtlich notiert hatte.

»Sie werden nicht eine Lira der Beute sehen«, sagte er. »Schwerer Raub, Entführung, Doppelmord an einem achtjährigen Kind und seiner Mutter, um sich der Festnahme zu entziehen. Ich beantrage ›lebenslänglich‹, und genau das werden Sie kriegen.«

Der Angeklagte wusste, dass der Richter recht hatte. Er übertrieb nicht einmal. Was hatte er heute nicht an Fehlern gemacht. Der größte war, sich nicht an Ort und Stelle abknallen zu lassen. Er stand auf und verlangte, in die Zelle gebracht zu werden. Alles Reden war jetzt nutzlos.

Als Beggiato draußen war, wandte der Richter sich an den Anwalt. »Bring ihn zum Reden, und ich beantrage dreißig Jahre.«

»Ich versuche es in ein paar Tagen. Jetzt ist ihm mit Vernunft nicht beizukommen.«

»Du willst ihn doch nicht während der Verhandlung zur Aussage überreden, um das Gericht milde zu stimmen?«

»Keine Sorge. Wenn er nicht vorher aussagt, lege ich das Mandat nieder. Wegen dieses Abschaums lasse ich mich nicht von der Presse schlachten.«

SILVANO

Es gehörte zu meinen Gewohnheiten an Werktagen, beim Nachhausekommen nachzusehen, ob ich Post hatte. Mein Briefkasten hing als erster in einer Reihe von sechsen, alle aus bronzefarbenem Aluminium, mit gläsernem Kuckfenster und einem vom Hausverwalter mit dem Computer geschriebenen Namensschild. Mir war gleich klar, dass dieser Umschlag, der als Einziger darin lag, ein Brief sein musste. Seit Jahren schrieb mir niemand mehr; nur noch Rechnungen und Werbung lagen dann und wann mal im Kasten. Der Name des Anwalts, der in flatterigen Druckbuchstaben auf dem Umschlag stand, sagte mir nichts. Ich ging in meine Wohnung hoch, legte den Brief auf den Küchentisch, schob das Essen, das ich beim Metzger geholt hatte, in die Mikrowelle und ging mich umziehen. Es war ein anstrengender Tag gewesen. Ich hatte jede Menge neue Absätze angebracht und Schlüssel nachgemacht. So ging es immer zu Monatsanfang. Die Leute hatten ihren Monatslohn in der Tasche und stürmten das Einkaufszentrum. Mein Laden befand sich genau den Kassen des Supermarkts gegenüber, das Schild »Absatz-Blitz«, mit dem ich auf meinen Reparaturservice aufmerksam machte, war nicht zu übersehen. Die Kundschaft ließ Schuhe oder Schlüssel bei mir und holte sie nach dem Einkauf wieder ab.

Der Timer der Mikrowelle klingelte, das Essen war warm. Ich nahm Käse und einen Karton Wein aus dem Kühlschrank, holte mir Besteck, machte den Fernseher an. Ich zappte die Nachrichten weg und suchte eine interessante Sendung. Bei einem Gewinnspiel blieb ich hängen. Wer die Antworten wusste, konnte eine Menge Geld gewinnen. Der Quizmaster war ein sympathischer Dickwanst, die Kandidatin eine süditalienische Lehrerin, dürr wie ein Nagel und mit einer nervigen nasalen Stimme. Bevor ich die Lasagne gegessen hatte, war sie rausgeflogen. In der Werbepause öffnete ich den Brief. In aller Ruhe putzte ich das Messer an der Papierserviette ab und schob es unter die Lasche des Umschlags.

Sehr geehrter Signor Contin,

mein Mandant, Signor Raffaello Beggiato, hat mich beauftragt, ein Gnadengesuch zu stellen. Die diesbezüglichen Gesetze verlangen, dass die betroffenen Geschädigten um eine Meinungsäußerung gebeten werden. Beigeschlossen finden Sie einen Brief, in dem mein Mandant Sie bittet, ihm zu verzeihen. Mir ist zwar bewusst, dass dieses neue Kapitel in der juristischen Aufarbeitung Sie auf schmerzliche Weise berühren muss, dennoch bitte ich Sie, den Brief mit menschlicher Anteilnahme zu lesen. Signor Beggiato hat nun über fünfzehn Jahre Haft hinter sich; seit kurzem ist er an einem bösartigen Tumor erkrankt, der kaum Aussicht auf Heilung erlaubt. Mein Mandant hat nur noch einen Wunsch, nämlich sein Leben in Freiheit zu beenden. In der Hoffnung, dass Signor Beggiatos dramatische Situation Sie nicht unberührt lässt und es Ihnen möglich sein möge, seiner Bitte zu entsprechen, verbleibe ich mit freundlichen Grüßen,

Avvocato Alfonso De Bastiani

Mir zitterten die Hände. Ich trank einen großen Schluck Wein. Dann ging das Quiz mit einem anderen Kandidaten weiter. Einem Computertechniker aus Viterbo. Auf die Fragen konnte ich mich nicht konzentrieren, doch der Applaus des Publikums zeigte mir, dass er die Antworten erraten hatte. Der Quizmaster nannte den Punktestand, dann kündigte er den nächsten Werbeblock an. Ich nahm das zweite Blatt aus dem Umschlag.

Sehr geehrter Signor Contin,

gestatten Sie, dass ich mich in einer verzweifelten Lage an Sie wende. Ich habe erfahren, dass ich unheilbar an Krebs erkrankt bin. Mittlerweile habe ich fünfzehn Jahre Haft verbüßt. Ich weiß, in Anbetracht meines fürchterlichen Verbrechens ist das wenig, doch meine Krankheit wird auch meine Strafe beenden. Ich bitte Sie inständig, mir zu verzeihen und mein Gnadengesuch zu befürworten. Mein einziger Wunsch ist es, als freier Mann zu sterben. Mir ist klar, dass ich Sie um Mitleid für den Mann bitte, der Ihnen das Liebste genommen hat, aber Sie sind anders als ich und darum gewiss zu einer noblen Geste imstande.

Raffaello Beggiato

Das Quiz ging weiter. Die nächste Frage bezog sich auf das Privatleben einer bekannten Sängerin. Einer von denen, nach denen die Teenies ganz verrückt sind. Der Kandidat wurde blass. Seine Sicherheit, sein Lächeln waren verschwunden. Er wusste die Antwort nicht. Ich nahm die Fernbedienung und machte den Apparat aus.

Dann las ich Beggiatos Brief noch einmal. Der Mörder, das Dreckstück, der Hurensohn, wollte Mitleid von mir. Ich zerknüllte beide Briefe und warf sie in den Müll. Mitleid war ein Gefühl, das zu einem anderen Leben gehörte, der Zeit, bevor der Tod meine Existenz zerstört hatte. Dass ihn jetzt der Krebs zerfraß, erschien mir nur gerecht. Es war gerecht, dass Beggiato bis zum Ende litt. Und zwar im Knast. Umgeben von Schwerverbrechern und Wachmännern, ohne Zuneigung, ohne Trost. Sein Tod würde den Schmerz nicht mindern, der seit fünfzehn Jahren auf meinem Leben lag und unablässig, jeden Tag meine Gedanken und Taten begleitete. Dieser Schmerz pochte wie eine entzündete Wunde, aber er sorgte dafür, dass ich mich lebendig fühlte, er half mir, mich in der dunklen Unermesslichkeit des Todes zurechtzufinden. Die Nachricht vom bevorstehenden Tod des Mörders machte mich neugierig. Wie würde Beggiato krepieren? In jenen Jahren hatte ich verschiedene Formen des Sterbens kennengelernt. Manch einer stirbt im Schlaf und bemerkt nichts davon. Manch anderer geht hellwach, aber rasch und plötzlich hinüber, er bemerkt es gerade nur eben. Doch das gilt nur für Erwachsene. Enrico, mein Sohn, war alt genug gewesen, um zu wissen, was der Tod ist, aber zu erschrocken, um zu begreifen, was mit ihm geschah. Er hatte den Schuss gehört und den glutheißen Strahl des Geschosses quer durch seinen Körper gespürt, dann war sein Leben erloschen, nach wenigen Sekunden. So hatte es mir der Gerichtsmediziner gesagt, und als ich ihn fragte, ob mein Sohn Zeit gehabt habe, die Dunkelheit des Todes wahrzunehmen, hatte er mir die Hand auf die Schulter gelegt und versucht, mich mit abgegriffenen Worten zu trösten. Aber ich hatte genau gewusst, was ich da fragte. Ich war bei Clara im Krankenhaus gewesen, als sie starb, und sie hatte diese Dunkelheit gesehen.

»Es ist alles so dunkel, Silvano«, hatte sie laut gesagt und mir die Hand gedrückt. »Ich kann nichts mehr sehen. Ich habe Angst, ich habe Angst, hilf mir, es ist so dunkel!«

Dunkel, Angst. Die dunkle Unermesslichkeit des Todes. Mancher stirbt nach langem Todeskampf, wie Clara. Das ist die schlimmste Art zu gehen. Mit verzerrtem Gesicht, verkrampften Gliedmaßen. Das war das Ende, das das Schicksal auch für Raffaello Beggiato vorgesehen haben musste, den Mörder.

Ich räumte die Küche auf, dann holte ich die Bilder von Clara und Enrico aus der Schublade. Nicht Erinnerungsfotos an glückliche Momente. Die waren in Kisten vergraben, in denen ich mein früheres Leben verpackt und die ich in einer angemieteten Garage in der Nähe untergebracht hatte. Die einzigen beiden Fotos, die ich bei mir behalten hatte, waren auf dem Metalltisch der Gerichtsmedizin geschossen worden. Ich betrachtete die mit dem Skalpell aufgeschlitzten, ausgeweideten Torsi meiner Frau und meines Sohnes. Der Schmerz pochte stärker, ein Stich stieg mir vom Bauch bis in die Kehle, doch anders als sonst weinte ich nicht, der Gedanke an Beggiatos Krankheit hinderte mich daran. Dieses arme Arschloch dachte, ich sei zu einer »noblen Geste« imstande. Um verzeihen zu können, muss man Gefühle empfinden, ein Leben haben. Alles, was mir geblieben war, hielt ich hier in der Hand.

Früher hatte ich ein erfülltes und erfüllendes Leben gehabt. Ich war Vertreter für Markenweine, hatte eine Sekretärin und fuhr einen Mercedes. Ich hatte Frau und Kind. Freunde und Verwandte. Clara war eine schöne Frau. Ich hatte mich auf einem Fest in sie verliebt, zwei Jahre später heirateten wir. Ich liebte ihren Körper und ihre Lebensfreude. Drei Jahre später kam Enrico. Ein liebes, sorgloses Kind. Dreizehn gemeinsame Jahre. Dann waren Clara und Enrico Beggiato und seinem Komplizen begegnet, und alles war vorbei. Für sie und für mich auch.

An jenem Tag war ich gerade in einem Weinladen. Ich stellte einen der ersten im Barrique ausgebauten Cabernet Sauvignons vor, da rief meine Sekretärin an.

»Silvano, fahr schnell ins Krankenhaus. Clara hat einen Unfall gehabt.«

Im Flur des Krankenhauses war zu viel Polizei für einen normalen Unfall. Ein Arzt sagte, ich solle mich beeilen, wenn ich Clara noch sehen wollte.

»Was ist denn passiert?«

Aufgeregte, sich überschlagende Stimmen sprudelten etwas von einem tragischen Unglück.

»Und wo ist mein Junge? Es geht ihm doch gut?«

Dank der mitleidigen Lüge eines Inspektors machte ich mir allein um Clara Sorgen, als ich das Zimmer auf der Intensivstation betrat. Als ich wieder herauskam, fragte ich mich, wie ich Enrico das Geschehene beibringen sollte. Erst da erfuhr ich die ganze Wahrheit. Ein Raubüberfall, zwei Tote, einer der Täter festgenommen, einer entkommen.

An all dieses bewahrte ich nur verschwommene Erinnerungen. Zur Beerdigung kamen unglaublich viele Menschen. Endlose Umarmungen, Händedrücke, Trostworte.

Mein Foto ging zusammen mit denen von Clara, Enrico und ihrem Mörder durch sämtliche Zeitungen. In der Stadt konnte ich nirgendwohin gehen, ohne angehalten zu werden. Allen tat ich furchtbar leid. Mir war sofort klar, dass ich den Beruf wechseln musste. Wie sollte ich jetzt noch in einem Weinladen oder einem Restaurant meine teuren Weine anpreisen? Dazu musste man lächeln, Witzchen reißen oder Klatsch erzählen. Aber jetzt war ich nur noch der arme Kerl, dem sie Frau und Sohn erschossen hatten. Meine Kunden würden das nie wieder vergessen können und jedes meiner Worte daraufhin beurteilen. Aber die Arbeit war kein Problem, ich hatte genug gespart, um mich in Ruhe nach etwas anderem umzusehen.

Innerlich war ich restlos auf ein einziges Ziel konzentriert: Beggiatos Komplizen zu finden. Die Polizei hatte keinerlei Anhaltspunkt, wer es sein könnte, der Mörder hatte nicht gestanden. Die Vorstellung, dass dieser Komplize frei und ungestört herumlief, trieb mich buchstäblich in den Wahnsinn. Tagtäglich sprach ich bei der Polizei vor; der mit der Ermittlung beauftragte Kommissar Valiani schüttelte jedes Mal den Kopf, breitete die Arme aus und gab murmelnd Worthülsen von sich.

Ich beschloss, auf eigene Faust nachzuforschen, und beauftragte durch Vermittlung des Anwalts, der meine Zivilklage gegen Beggiato vertrat, einen privaten Ermittler, einen früheren Unteroffizier der Carabinieri, der mich einen Haufen Geld kostete, aber nichts zutage förderte, als dass der Mörder mit einer Prostituierten namens Giorgia Valente verkehrt hatte.

Ich wollte so tun, als sei ich irgendein Freier, aber sie erkannte mich sofort. Ohne Umschweife sagte sie, ich solle ihr nicht auf den Sack gehen. So ihre genauen Worte. Meine Drohung, ich würde ihren Namen an die Presse weitergeben, ließ sie andere Töne anschlagen. Sie sagte, sie wisse nichts von dem Überfall, Raffaello habe ihr nie etwas von seinen Plänen erzählt. Sie erklärte mir, unter Kriminellen gälten Huren als unzuverlässig. Raffaello hatte eine ganze Reihe von Bekannten, und sie gab mir eine Namensliste, die ich Kommissar Valiani aushändigte. Doch niemand davon schien an der Tat beteiligt gewesen zu sein.

Die Suche nach dem Komplizen half mir, mich nicht ganz und gar gehen zu lassen. Ich fürchtete den Tag, an dem ich mich der Realität würde stellen müssen. Freunde und Verwandte erstickten mich mit ihrer Fürsorge. Ich begann, den Kontakt zu ihnen zu meiden. Vor allem den zu meinen Eltern. Unter dem Vorwand, mir etwas zu essen zu bringen, tauchten sie so gut wie jeden Tag bei mir auf, in dem Haus, das noch von Claras und Enricos Gegenwart erfüllt war. Spätestens nach ein paar Minuten weinten sie, und ich konnte ihre Verzweiflung zusätzlich zu meiner kaum ertragen.

Ein knappes Jahr darauf fand der Prozess vorm Strafgerichtshof statt. Mein Anwalt versuchte mit Beggiatos neuem Verteidiger einen Handel: den Namen des Komplizen gegen die Unterstützung des zivilrechtlichen Nebenklägers für eine mildere Strafe. Nichts. Der Angeklagte war felsenfest entschlossen, sich gemäß der Moral der Unterwelt zu verhalten und auf diese Weise »lebenslänglich« zu kassieren. Beggiato trat in dunkelblauem Anzug und grellbunter Krawatte auf. Er wandte den Blick kein einziges Mal zu mir. Ich hingegen ließ ihn nicht aus den Augen. Ein Dreißigjähriger wie so viele andere, ein ganz anderer Typ als die Kriminellen im Fernsehen. Er sah nicht aus wie einer, der aus dem Haus geht, sich eine Sturmhaube überzieht und einen Achtjährigen samt Mutter erschießt. Auf die Befragung antwortete er einsilbig. Der vorsitzende Richter forderte ihn sicher drei Mal auf, den Namen seines Komplizen zu nennen, er aber wiederholte nur immer wieder, das könne er nicht tun.

Der Staatsanwalt, zielstrebig und mitleidlos, beantragte die Höchststrafe. Ich sah, wie mehrere Schöffen ihm mit entschlossenem Nicken beipflichteten. Der Verteidiger beschränkte sich auf die Bitte, Milde walten zu lassen, mit dem einzigen Argument, eine lebenslängliche Haftstrafe sei in Hinblick auf die Resozialisierung des Angeklagten untauglich. Ein Haufen Scheiße, die ganze Stadt verlangte nach einem Exempel. In den Verhandlungspausen kamen die Journalisten zu mir und interviewten mich behutsam. Beggiatos

Mutter, eine schlampig gekleidete, verzweifelte Frau, verjagte sie mit den übelsten Schimpfworten.

Bevor das Gericht sich zur Beratung zurückzog, gab der Angeklagte noch eine Erklärung ab. Zum x-ten Mal wiederholte er, die tödlichen Schüsse stammten nicht von ihm. Der beisitzende Richter zuckte mit den Schultern. Überflüssiges Gerede.

Als der vorsitzende Richter das Wort »lebenslänglich« aussprach, brach das Publikum im Saal in erleichterten Applaus aus. Beggiato war leichenblass, zuckte aber mit keiner Faser seines Leibes.

Am Ausgang des Gerichts trat eine Journalistin an mich heran. »Und jetzt, was machen Sie jetzt?«, fragte sie.

Ich hatte weder Lust noch Energie, wieder ins Leben zurückzukehren. Der Pfarrer hatte mir zugeredet, ich solle bei Gott Kraft schöpfen. Seine Ansprache bei der Beerdigung hatte mich vor Banalität fassungslos gemacht: Der Glaube hilft uns, die Trauer zu überwinden, und eines Tages kommen wir wieder zu uns im Angesicht Gottes, der uns die ganze Zeit geliebt und von droben im Himmel beobachtet hat. Amen. Ich hatte schon lange nichts mehr mit der Kirche zu tun, seit kurz nach dem Abitur. Nicht aus ideologischen Gründen oder nach wer weiß welchen inneren Kämpfen, sondern ganz einfach, weil mir die Religion immer fremd geblieben war. Es kam mir lächerlich vor, mich an ein höheres Wesen wenden zu sollen. Das war alles. Ein Cousin, Psychologe, riet mir, einen Spezialisten aufzusuchen, der mir helfen würde, die Trauer zu bewältigen. Alle, unterschiedslos alle, wollten, dass ich mir ein neues Leben aufbaute. Ich habe es nicht einmal versucht. Für mich waren das alles leere Worte, falsche Worte; mir fehlten die Mittel, dem Tod rational zu begegnen. Beim Glauben konnte ich keine Zuflucht nehmen, und die Psychoanalyse war mir genauso fremd wie die Kirche. Ich war Silvano Contin, Gatte und Vater von zwei Verbrechensopfern. Die Stadt, in der ich lebte, würde mir eine

Rückkehr zu einem normalen Leben nie verzeihen. Freilich, ich hätte jederzeit woandershin ziehen und dort versuchen können, von vorn anzufangen. Niemand aber begriff, dass mein ganzes Leben von nun an in der dunklen Unermesslichkeit des Todes gefangen war. Wie hätte ich eine andere Frau lieben, ein anderes Kind großziehen sollen, immer mit Claras Stimme im Ohr. »Es ist so dunkel, Silvano. Ich kann nichts mehr sehen. Ich habe Angst, ich habe Angst, es ist so dunkel!«

Diese Worte bestimmten fortan den Rhythmus meines Lebens, sie ließen Farben und Geschmäcker verblassen. Das Einzige, was mich in meinem Schmerz weiterleben ließ, war die Hoffnung, dass der zweite Täter eines Tages doch noch gefasst und bestraft würde. Das würde mir zwar auch kein besseres Leben bescheren, aber immerhin die Rechnung begleichen, und vielleicht würde endlich dieses Gefühl der Ohnmacht verschwinden, das mich manchmal daran hinderte, überhaupt noch klar zu denken.

Ich verkaufte mein Haus und bezog eine Wohnung in einem neuen, anonymen Wohnhaus am Stadtrand. Sämtliche Gegenstände, die mich an die Vergangenheit erinnerten, packte ich ein und begrub sie in einer Garage, deren Miete ich allmonatlich bezahlte, ohne sie je wieder zu öffnen.

Mit Hilfe meiner Ersparnisse machte ich in einem neuen Einkaufszentrum ein Dutzend Kilometer außerhalb der Stadt meinen Laden auf. Eine einfache Arbeit, die mir genug Geld zum Leben einbrachte und nur oberflächlichen Kontakt mit den Kunden verlangte.

Schwieriger war es schon, mich von Freunden und anderen liebgewonnenen Menschen zu lösen. Zum Glück beschloss die Familie meiner Frau von sich aus, den Kontakt einzustellen. Meine Eltern zu sehen war hingegen fast unerträglich, obwohl ich sie nur sonntags und an unvermeidlichen Feiertagen besuchte. Ich war ihr einziger Sohn, Enrico war ihr einziger Enkel gewesen. Banale Worte wechselten mit langem Schweigen und plötzlichen Tränen, unterbrochen nur von Hassausbrüchen gegen Beggiato und seinen geheimnisvollen Komplizen. Innerhalb von drei Jahren starben beide. Meinen Vater streckte im Supermarkt ein Herzinfarkt nieder. Meine Mutter starb, vom Schlag getroffen, im Schlaf.

Mit den Jahren veränderte ich mich auch äußerlich. Mir fielen die Haare aus, ich nahm ein paar Kilo zu und kleidete mich im Kaufhaus ein. Früher war ich Kunde in den exklusivsten Boutiquen gewesen; Clara suchte die Sachen aus, sie hatte Geschmack. Wenn mich heute jemand auf der Straße erkannte, tat er so, als würde er mich nicht sehen. Ich meinerseits tat nichts, um gegrüßt zu werden. Mit gesenktem Kopf ging ich stur geradeaus. In ihrer Verlegenheit sagten die Leute nur Dummheiten.

Unterdessen versuchte der Anwalt des Mörders, seinem Mandanten die lebenslängliche Strafe zu ersparen. Ich nahm weder am Berufungsverfahren noch an der abschließenden Urteilsverkündigung vor Gericht teil. Es war klar, dass Beggiato nicht reden würde, und mein Anwalt genügte vollauf, um mich zu vertreten. Die lebenslängliche Zuchthausstrafe wurde bestätigt, und auch die dreijährige Isolation tagsüber, die das Urteil vorsah, musste der Mörder bis zum bitteren Ende durchleiden.

Lange tauchte ich immer wieder im Polizeipräsidium auf. Erst wöchentlich, dann einmal im Monat, bis Kommissar Valiani schließlich die Geduld verlor und sagte, ich solle ihn nicht mehr belästigen. Beggiato saß im Gefängnis, der Komplize war davongekommen. Die Polizisten waren auch nur menschliche Wesen und hatten getan, was sie konnten. »Alles«, was sie konnten.

Eine Zeit lang besuchte ich manchmal den Juwelier, der bei dem Überfall ausgeraubt worden war. Er und seine Frau hatten mir die Liste der gestohlenen Schmuckstücke ausgehändigt und mir auch geholfen, ein Verzeichnis ihrer halbseidenen Kollegen aufzustellen, die als Hehler in Frage kamen. Aber das war nur ein weiterer Fehlschlag. Die Beute war im Nichts verschwunden, ebenso wie der zweite Täter.

Die Einzige, die eine vage Verbindung zu dem Fall darstellte, war Giorgia Valente, die mit Beggiato befreundete Nutte. Ich ging dann und wann zu ihr. Beggiato schrieb ihr, und ich bezahlte sie dafür, dass sie mich seine Briefe lesen ließ. Bei meiner Suche half mir das aber auch nicht weiter. Beggiato wirkte resigniert, wie jeder Sträfling träumte er von Sex, er beschrieb, wie er masturbierte und sich dabei ihren Arsch vorstellte oder Ähnliches. Auch ich hatte seit langem nicht mehr gevögelt. Manchmal träumte ich nachts davon, wie Clara und ich miteinander schliefen. Wenn ich dann aufwachte, tastete meine suchende Hand im leeren Bett. Ich hatte sie nie betrogen, nicht nur, weil ich sie liebte, sondern sie war im Bett leidenschaftlich und fantasievoll. Sie liebte den Sex. Und sie war schön. Wunderschön. Die Nutte hingegen hatte ein stumpfes Gesicht und neigte zu Übergewicht. Einmal, als ich zum x-ten Male die erotischen Fantasien des Mörders las, bekam ich eine Erektion. Ich bezahlte die Hure, damit sie sich in den Arsch ficken ließ, und gab ihr einen Aufschlag, damit sie es Beggiato schrieb.

Ob sie das tat oder nicht, habe ich nie erfahren. Ich bezweifle es. Doch von da an besuchte ich sie einmal pro Monat, auch als Beggiato aufgehört hatte, ihr zu schreiben. Sonst sah ich niemanden, schon gar keine Frauen. Aber manchmal musste ich mich austoben, und der Arsch von der Ex des Mörders schien mir der beste Ort dafür. Mit der Zeit wurde sie fett und unförmig, aber für das, was ich von ihr wollte, genügte sie vollauf. Sie arbeitete nicht mehr in den Nachtclubs, sondern empfing ihre Freier in einem winzigen Appartement auf der meiner Wohnung entgegengesetzten Seite der Stadt. Ich rief sie an, vereinbarte einen Termin und plauderte zwanzig Minuten mit ihr.

»Pass auf, wir werden noch miteinander alt«, hatte sie einmal gesagt, während sie mir das Kondom überzog, aber mein Geld lehnte sie nie ab. Vielleicht hatte sie Angst vor mir oder wollte mich irgendwie entschädigen. Ich habe sie nie danach gefragt. Ich verachtete sie, weil sie mit Beggiato zusammen gewesen war. Sie war nichts als ein warmes Loch für meine Triebe.

Ab und zu zog ich mich fein an, stieg ins Auto und fuhr in Städte oder Dörfer, in denen ich noch nie gewesen war. Es kam vor, dass ich an Beerdigungen anderer Gewaltopfer teilnahm. Ich hörte davon in den Fernsehnachrichten, brachte Ort und Zeit in Erfahrung und fuhr hin. Nur dort fühlte ich mich nicht allein. Und obwohl ich unerkannt blieb, hatte ich ein Gemeinschaftsgefühl, wenn auch mit Unbekannten. Ich setzte mich ganz hinten in die Kirche und beobachtete die von der Trauer verzerrten Gesichter der Angehörigen. Ich lauschte den verzweifelten Schreien, wenn es Abschied nehmen hieß. Dann reihte ich mich bescheiden in die Schlange der Kondolierenden ein. Drückte benommenen Menschen die Hand, die den Abgrund noch nicht ermessen konnten, in den sie gestürzt waren. Bevor ich wieder fuhr, mischte ich mich unter die Neugierigen, belauschte ihre Bemerkungen, nährte meine Trauer an ihren banalen Kommentaren.

Mein übriges Leben war restlos monoton, abwechslungslos. Ich stand auf, ging zur Arbeit, kam nach Hause, Fernsehen, Bett. Abends ging ich nie aus. Seit dem Tag, an dem ich Enrico und Clara verloren hatte, hatte ich keinen guten Wein mehr getrunken. Um das Essen runterzuspülen, genügte mir der im Karton. Ich hatte den Genuss am Essen verloren. Alles schmeckte gleich fade. In meiner Kehle hatte sich der süßliche Geruch des Leichenschauhauses festgesetzt, in dem ich den Körper meines Sohnes hatte identifizieren müssen. Samstagabends betrank ich mich. Wein und billiger Brandy. Wenn der Alkohol mich genügend betäubt hatte, setzte ich mir die Kopfhörer auf, um meine Nachbarn nicht zu stören, und tanzte zur Musik von den Pooh. Clara hatte sie geliebt. Dann fiel ich aufs Bett. Am Sonntag erwachte ich mit Kopfweh, ging auf den Friedhof, um frische Blumen auf die Gräber zu bringen, dann machte ich zu Hause sauber und zählte die Stunden, bis ich wieder arbeiten gehen konnte. Von der Werkbank aus beobachtete ich die Menschen, die ein echtes, normales, banales Leben führten. Ich beneidete sie nicht. Mir war bewusst, dass die Fixiertheit auf den Tod mich über die Grenzen der Normalität hinausgetragen hatte, aber ich konnte nichts dagegen tun. Es war nicht meine Schuld: Eines Tages waren die Mörder in mein Leben eingefallen wie eine Besatzungsmacht, die alles an ihrem Wege plündert und verwüstet. Die Überlebenden müssen mit den schrecklichsten Erinnerungen weiterleben, mehr bleibt ihnen nicht. Das Problem bestand darin, eine Normalität vorzutäuschen und den Schrei zurückzuhalten, der immer häufiger ins Freie drängte: »Es ist so dunkel, Silvano. Ich kann nichts mehr sehen. Ich habe Angst, ich habe Angst, es ist so dunkel!« Am liebsten hätte ich geschrien bis zur Ohnmacht, bis ich sterben würde.

RAFFAELLO

Morgen ist Dienstag. Dienstag, Scheißtag. Noch lange hin bis Samstag und Sonntag, den besten Tagen im Knast. Dusche, Besuchstag, überbackene Pasta, Schnitzel, Kartoffeln und Fußball. Ich hab mit einem Serben gewettet, um zwei Stangen Zigaretten. Milan verliert, und ich rauche eine Woche umsonst. Der Arzt, das Arschloch, regt sich auf, dass ich immer noch rauche. Wie soll man's im Knast aushalten, ohne zu rauchen?, frag ich. Die Nichtraucher hier kann man an einer Hand abzählen. Beim Hofgang haben wir uns schiefgelacht, jetzt wollen sie Raucher- und Nichtraucherzellen einrichten. Haben die Witzbolde vom Ministerium jemals einen Knast von innen gesehen? Morgen ist Dienstag. Sieben Uhr früh: Hausputz. Gerader Tag: Putzlumpen und Salmiakreiniger. Sieben Uhr dreißig, der Wagen mit dem Frühstück. Ich nehme nur Milch. Der Kaffee ist die reinste Plörre, den sollen der Offizier und seine Spitzel trinken. Meine eigene Kaffeekanne steht dann schon auf dem Brenner. Um acht wird abgezählt, dann Aufschluss, da kann der Putzmann die letzten Neuigkeiten vom Flurfunk weitergeben. Um neun Hofgang. Ich muss mal dem aus der 27 auf den Zahn fühlen, der soll eine neue Quelle für was zum Rauchen aufgetan haben, das Zeug soll gut sein bei Krebs. Und ich muss denen von der Kommission sagen, sie sollen nicht so idiotische Fernsehprogramme einstellen. Nachmittags ist das immer total beschissen, ich will die Sendungen mit den Mädchen sehen, die sich um den Dummkopf auf dem Thron streiten und dabei schlimmer zanken als vor Gericht. Um halb zwölf der Einkaufsdienst. Ich muss ein Shampoo gegen Haarausfall bestellen, Zahncreme und ein paar Gaskartuschen für den Brenner. Um zwölf der Wagen mit dem Mittagessen. Gerade Tage: Pasta, Gulasch, Gemüse. Um eins der Postdienst. Wer weiß, ob Contin meinen Brief bekommen hat. Vielleicht antwortet er ja schnell. Um 13 Uhr 30 Fernsehnachrichten, dann Bettruhe bis um drei. Noch eine Runde auf dem Hof, dann, um 16 Uhr 30, Zählen und Einschluss. Abendessen kommt um fünf. Morgen ist Dienstag: Suppe, Mortadella, Salat. Noch ein Verdauungskaffee, dann ist der Tag rum. Als einzige Abwechslung das Abzählen um zwanzig, dreiundzwanzig, ein Uhr früh, um vier und um sechs. Wenn du schläfst, wecken die Bullen dich. Und dann der Sani. Der Arsch ist immer zu spät dran. Jetzt ist es schon halb zwölf nachts durch, und er war immer noch nicht da. Der Plastikbecher steht schon bereit. Er braucht nur die Hand auszustrecken und die Tropfen reinzutun. Seit der Sache mit dem Krebs schenkt er mir ordentlich ein. Zum Glück. Die übliche Dosis hat schon lange nicht mehr gewirkt. Dass du jede Menge Valium kriegst, ist das einzige Privileg der Lebenslänglichen. Sie haben immer Angst, dass die Hoffnungslosen durchdrehen und einen Zellengenossen ficken, da sind sie lieber großzügig mit den Tranquilizern. Verdammte Scheiße, der Arschficker kommt einfach nicht. Wahrscheinlich steht er unten in der Rotunde und quatscht mit den Kollegen, der scheißt drauf, dass es uns dreckig geht.

Immer mit der Ruhe, du bist krank. Morgen ist Dienstag. Ich bin einer von denen, die wissen, wie man sich im Gefängnis am besten verhält, der Trick ist, sich den Tag zu organisieren. Je methodischer du bist, desto besser entgehst du dem Koller. Das wirkliche Problem sind die Nächte. Endlos sind sie, und dir kommen üble Gedanken. Das geht allen so. Die Luft wird schwer vor Verzweiflung, deiner eigenen und der der anderen. Und der Scheißkerl von Sani kommt immer noch nicht. Noch fünf Minuten, dann schlage ich Krach. Oder nein, lass bleiben, der Neapolitaner, der jetzt Dienst hat, ist in der Lage und macht einen Bericht, besser, ich halte still, solange dieses Gnadengesuch läuft. Ich dreh mir noch eine. Verdammte Sauerei, ich hab einen trockenen Mund, und aus dem Wasserhahn kommt es warm wie Kuhpisse. Wenn mich einer fragt, was mir hier drin am meisten fehlt, dann ist es ein Tiefkühlfach. Seit fünfzehn Jahren hab ich keinen Eiswürfel mehr gesehen. Was würd ich jetzt für einen schönen Whisky geben, mit gecrushtem Eis in einem Club voller Mädchen.

Nicht mehr lange, und ich kann so viel trinken, wie ich will. Ach Scheiße, was denkst du, Idiot, du hast nicht mehr viel Zeit. Du stirbst. Ja, ich sterbe, Scheiße, ich sterbe. Ich hab so eine Scheißangst, ich will nicht im Knast sterben. Ich will draußen den Löffel abgeben, und wenn ich nur einen Tag in Freiheit habe. Ich schaffe das. Ich hab eine Superstrategie, diesmal leg ich sie alle rein. Alle. War schon eine geniale Idee, die Behandlung im Knast zu verweigern. Sonst wäre ich jetzt schon in Pisa im Haftkrankenhaus und bekäme die Chemo, ohne jede Hoffnung, jemals rauszukommen. Lieber nehme ich in Kauf, dass es schlimmer wird, aber das ist mein einziger Joker in diesem Spiel. Das Gnadengesuch ist nur ein Täuschungsmanöver. Die begnadigen mich niemals, das hofft nur mein Anwalt. Ein naiver Junge. Contin denkt im Leben nicht daran, mir zu verzeihen, ich hab ihm Frau und Sohn umgebracht, wär doch absurd, dass der mir verzeiht, außerdem will der Justizminister uns alle schön sicher hinter Schloss und Riegel sehen. Wer weint schon, wenn ein Doppelmörder mit »lebenslänglich« abkratzt, im Gegenteil, Härte bringt Wählerstimmen. Das Gnadengesuch bereitet nur das Terrain für den nächsten Schritt vor, die Haftverschonung wegen Krankheit. Die lebenslängliche Strafe bleibt bestehen, der Richter hält sein Gewissen rein und rettet seinen Arsch vor der Presse und dem Ministerium, und ich schnappe mir meinen Anteil von der Beute, sobald ich draußen bin, und verpisse mich. Nach Brasilien. Die Ärzte sagen, ein paar Jährchen hab ich noch, nur die letzten Monate werden schlimm, da muss ich dann ins Krankenhaus. Ich hab genug Geld für ein Superleben für den Rest meiner Tage, ich kann mir die beste Behandlung leisten. Da unten brauchst du Geld, dann ist alles möglich. Und ich bin reich. Mein Kumpel hat meinen

Anteil schön im Trockenen. Und ich brauche keine Angst zu haben, dass er mich reinlegt, er weiß genau, dass unsere Sache nicht verjährt.

In Freiheit werden die Nächte anders sein. Dann kann ich am Strand spazierengehen, vögeln und Spaß haben, vielleicht kann ich endlich auch wieder durchschlafen. Im Knast wirst du immer wieder geweckt, egal wie tief du schläfst.

Hier drin siehst du in der Dunkelheit immer deine Akte vor dir mit dem roten Stempel: »Ende der Haftzeit: Niemals.« Du bist gefickt. Dann denkst du daran, wie dämlich du warst, dass du dein Leben so versaut hast. Und die Erinnerungen nehmen dir die Ruhe. Jede Nacht denke ich an die Frau und das Kind. Mir schleierhaft, wie ich auf die Idee kam abzudrücken. Aber passiert ist passiert, ich kann nichts mehr für sie tun. Leid tut es mir trotzdem. Ich hätte ein anderes Leben haben können. Ich hatte alle Möglichkeiten. Ich habe mich für die Überfälle entschieden, niemand hat mich gezwungen, ich war darauf gefasst, einen Bullen abzuknallen oder dass sie mich selber über den Haufen schießen, aber ich hätte nie und nimmer gedacht, dass ich zwei Unschuldige umbringen würde. Stimmt schon, ich war zugekokst, aber wie verdammt nochmal kam ich dazu, einen Achtjährigen und seine Mamma zu erschießen? Jede Nacht bitte ich sie um Entschuldigung, und jeden Sonntag bei der Messe. Ich glaube nicht an Gott, aber ich gehe trotzdem hin. Das ist der einzige Augenblick, in dem die anderen Häftlinge ruhig sind und man sich entspannen kann.

In Brasilien will ich mit der Unterwelt nichts zu schaffen haben. Das letzte Illegale, was ich tue, wird die Ausreise mit einem falschen Pass sein. Das würde ich zwar gern vermeiden, aber es geht nicht anders. Bei Haftverschonung riskierst du immer, dass du wieder einrücken musst, und ich will einfach nicht in einer Zelle vom Haftkrankenhaus sterben. Wenn ich daran denke, könnte ich losschreien. Aber das kommt nicht in Frage. Dann gibt es einen Bericht, sie bringen einen runter in die Isolierhaft und prügeln dich mit den Schlagstöcken windelweich. Krebs hin, Krebs her.

Seit fünfzehn Jahren habe ich jetzt auf gute Führung geachtet, in der Hoffnung, irgendwann könnte es doch was anderes geben als den Knast. Vor ein paar Jahren hat man das noch hoffen können, auch mit »lebenslänglich«. Ich hatte geplant, immer schön stillzuhalten, weder auszubrechen noch meinen Anteil an der Beute anzurühren. Den soll mein Kumpel aufbewahren. Auch als Freigänger kann man arbeiten und ein halbwegs normales Leben führen, damit hätte ich mich zufriedengegeben, ich bin nicht mehr derselbe wie früher, ich hab mich geändert und hab keine Lust mehr, mich in die Scheiße zu reiten. Aber dann haben die Politiker diese beschissene Strafrechtsreform losgetreten, und der jetzige Minister erzählt sogar was von wegen unsere Gefängnisse seien die reinsten Viersternehotels. Dessen Sohn müssten sie mal verknasten …

Jetzt kommen nur noch wenige hier raus, bevor sie ihre Strafe ganz verbüßt haben oder als Hafturlauber, und als sie meine Krankheit festgestellt haben, war ich eigentlich ganz froh. Mir war sofort klar, dass das meine Chance zum Rauskommen ist. Und dann hab ich nachgedacht, gut nachgedacht, und am Ende hab ich zu meiner Mutter gesagt, als sie am Besuchstag hier war, dass sie mir einen Anwalt besorgen soll. Meine Mutter. Arme Frau. Mein drittes Opfer. Sie hat mich nie im Stich gelassen. Seit dem Tod meines Vaters hat sie sich immer nur um mich gekümmert. Jetzt ist sie einundsechzig und geht immer noch stundenweise arbeiten, damit ich mir Zigaretten und sonst noch ein paar Kleinigkeiten leisten kann. Eine Zeit lang hab auch ich gearbeitet. In einem Fahrradwerk, das fast alle Häftlinge beschäftigte, aber dann waren wir bei den Arbeitsunkosten nicht mehr konkurrenzfähig, jetzt lassen sie die Fahrräder in China montieren. Zum Glück gibt es die Überweisungen von meiner Mutter.

Verdammte Sauerei, ob der Arsch von Sani bald mal kommt? Langsam werde ich panisch. Ich krieg gleich keine Luft mehr. Ruhig, ruhig, ruhig, scheiß auf den Knast, nicht denken … Aber wie bitte schön macht man das, nicht denken. Seit fünfzehn Jahren tu ich nichts anderes, als zu denken. Die Gedanken kommen einer nach dem anderen angeschlichen, du kannst sie nicht aufhalten, kannst nicht mal Ordnung unter ihnen schaffen. Und du musst sie alle für dich behalten, darfst sie mit niemandem teilen, sonst halten sie dich für einen Schwächling und nutzen das aus. Alle machen einen auf harter Kerl und sind doch genauso hoffnungslose Fälle wie ich. Genau, hoffnungslos, das ist das passende Wort, wie soll es mir anders gehen als Lebenslänglicher und krebskrank?

Der Schließer macht das Gitter zum Flur auf. Der Sani ist still und leise gekommen. Endlich. Noch vier Zellen, dann ist er bei mir. Weniger als zwei Minuten. Nur so lange, bis er den anderen ihre Tropfen ausgeteilt hat.

Da ist er. Gut, lass das Fläschchen noch ein bisschen weitertropfen. Er hat nicht mal reingeschaut. Für ihn bin ich nur ein Plastikbecher neben dem Spion.

Ein Schluck und weg. Scheißnacht, aber ich werde dich auch diesmal überlisten. Morgen ist Dienstag. Sieben Uhr: Hausputz. Gerader Tag: Putzlumpen und Salmiakreiniger. Sieben Uhr dreißig, der Wagen mit dem Frühstück. Ich nehme nur Milch. Meine Kaffeekanne steht schon auf dem Brenner …

SILVANO

»Es sind noch gar keine vier Wochen rum, hast du's nicht mehr ausgehalten?«, fragte Giorgia Valente, als sie die Tür öffnete.

»Ich bringe Nachrichten von deinem Ex.«

»Mein Preis ist derselbe wie immer.«

»Er hat Krebs. Wie es aussieht, unheilbar.«

»Irgendwann trifft es jeden.«

»Er will eine Begnadigung, ich soll ihm verzeihen.«

»Und das wirst du nicht ...«

»Auf gar keinen Fall.«

»Natürlich nicht. So, jetzt mach hin, die Zeit läuft, in einer Viertelstunde hab ich den nächsten Kunden.«

Es kam noch ein Brief des Anwalts. Nicht mal eine Woche und er ging mir schon wieder auf den Sack. »Verzeihen Sie, dass ich dränge, aber Signor Beggiatos Zustand hat sich verschlechtert ...«

Ich rief den Anwalt an, der mich beim Prozess vertreten hatte. Er sagte, ich müsse schon antworten. Die Prozessordnung verlange, dass meine Meinung eingeholt werde. Notfalls durch die Carabinieri.

Aber bevor die kamen, kam die Kirche. Am nächsten Morgen wartete an meinem Laden im Einkaufszentrum ein Pfarrer auf mich, ein dürrer Fünfziger mit wachem Blick.

»Ich bin Don Silvio, der Gefängnispfarrer.«

»Sie kommen sicher wegen Raffaello Beggiato.«

»Er ist krank, er hat nicht mehr lange zu leben.«

»Ich weiß.«

Er fuhr sich resigniert mit der Hand übers Gesicht. »Ich begreife Ihren Groll, und ich erspare Ihnen die übliche Predigt über die

Bedeutung der Vergebung«, sagte er. »Aber Sie sollen eines wissen. Beggiato ist nicht mehr derselbe Mann wie früher. Die Haft hat ihn zutiefst verändert …«

»Gut, dann soll ihm sein Gott vergeben.«

»In zwei Jahren ist Beggiato tot. Versuchen Sie, ihm zu vertrauen.«

»Ihm vertrauen? Ist Ihnen klar, was für eine Ungeheuerlichkeit Sie da sagen? Warum sollte ich? Der spaziert raus, macht sich eine schöne Zeit mit seiner Beute und stirbt als freier Mann.«

Ich stutzte bei meinen eigenen Worten. »… macht sich eine schöne Zeit mit seiner Beute …« Dem Pfarrer hörte ich nicht weiter zu. Sollte Beggiato aus dem Gefängnis kommen, dann würde er Kontakt zu seinem Komplizen aufnehmen. Er brauchte Therapien und würde ganz sicher seinen Anteil an der Beute haben wollen, um sich die beste Behandlung zu leisten. Das waren nur Hypothesen, aber gab es eine andere Möglichkeit, jemals an den Komplizen heranzukommen? Nein. Obwohl, doch, eine. Einfacher und schneller.

Der Pfarrer fasste mich am Arm. »Fühlen Sie sich nicht wohl?«

»Doch. Was sagten Sie gerade?«

»Dass Sie es sich überlegen sollen. Wenn Sie mich brauchen, hier ist meine Nummer.« Und er hielt mir eine Visitenkarte hin.

An diesem Tag war ich mit den Gedanken nicht bei meiner Arbeit. Nach all den Jahren sah ich eine konkrete Chance, die Identität des Mittäters herauszufinden, des eigentlichen Mörders, wie Beggiato stets behauptet hatte. Des Ungeheuers, das meine Frau und meinen Sohn kaltblütig umgebracht hatte. Des Hirngespinstes, das seit fünfzehn Jahren meine Gedanken nicht losließ. Die Verwirklichung meines Plans schien einfach zu sein, in Wahrheit war sie alles andere als das.

Kurz nach Geschäftsschluss fühlte ich mich für den ersten Schritt gewappnet. Als ich Don Silvios Nummer eingab, zitterten meine Hände leicht. Ich war überrascht, aber froh, mich zu spüren. Wir verabredeten uns für den nächsten Tag zur selben Zeit.

Ich schlief wenig und schlecht in dieser Nacht. Ich träumte von Enrico. Er war wohl zwei Jahre alt, ich trug ihn auf dem Arm und sang ihm ein Lied vor von Kroko und Dilo.

»Ich weiß nicht, ob das möglich sein wird«, sagte der Pfarrer enttäuscht. Hatte er ein Verzeihen ohne jede Bedingung erwartet?

»Aber ich muss ihn sehen. Ich muss mir unbedingt selbst ein Bild davon machen, ob er sich tatsächlich geändert hat oder immer noch der Kriminelle ist wie vor Gericht.«

»Sie haben recht, und ich bin sehr froh, dass Sie zu einem so wichtigen Schritt bereit sind. Aber eine Besuchserlaubnis muss man erst beantragen, und wir müssen abwarten, ob Beggiato einverstanden ist, Sie zu sehen.«

»Wenn er sich wirklich geändert hat, wird er das beweisen wollen.«

»Ich werde mein Möglichstes tun, um Ihnen zu helfen. Zuerst informiere ich mich über das Prozedere, dann melde ich mich bei Ihnen.«

Als er mir die Hand hinstreckte, besann er sich plötzlich anders und umarmte mich. Ich blickte ihm nach. »Mach hinne, Pfaffe«, dachte ich. »Tu was für die Opfer, nicht nur für die Mörder.«

Nach dem Abendessen schaltete ich den Fernseher aus und nahm Papier und Stift zur Hand.

Sehr geehrter Avvocato De Bastiani,

verzeihen Sie meine späte Antwort, aber ich denke, Sie haben Verständnis für meine Zweifel und mein Zögern angesichts einer Entscheidung von dieser Tragweite. Ich hatte seit vielen Jahren nichts mehr von Ihrem Mandanten gehört, und seine Bitte um Vergebung hat mich überrascht. Seine Krankheit, so gravierend sie sein mag, kann nicht genügen, dass ich die Begnadigung befürworte. Entscheidend ist, ob Raffaello Beggiato nach fünfzehn Jahren Haft seine Tat wirklich bereut. Wie ich bereits Don Silvio, dem Gefängnispfarrer, mitgeteilt habe, würde ich Ihren Mandanten

gern aufsuchen, bevor ich einen endgültigen Entschluss fasse. Ich will ihm in die Augen sehen, während er mich um Verzeihung für den Mord an meinem Sohn Enrico und meiner Frau Clara bittet.
Mit freundlichen Grüßen,

Silvano Contin

Pfarrer und Anwalt klemmten sich dahinter. Eine Woche darauf ging ich zu einer Besprechung beim Haftprüfungsrichter. Ein großer, dicker Mann mit grauem Schnurrbart und erlesenen Manieren.

»Ich hätte damit gerechnet, dass Sie sofort ablehnend Stellung nehmen«, sagte er, nachdem er mich gebeten hatte, Platz zu nehmen. »Aber egal, Beggiato wird ohnedies Haftverschonung aus Krankheitsgründen erhalten, ich erwarte eigentlich täglich das Gesuch seines Anwalts. Gnade käme mir angesichts seiner Tat allerdings völlig überzogen vor.«

»Vielleicht bereut er ja tatsächlich.«

Der Richter betrachtete mich kurz, dann schlug er eine dicke Akte auf. »Beggiato ist ein vorbildlicher Häftling, kein einziger negativer Bericht der Gefängnisleitung. Aber in all den Jahren hat er absolut nichts getan, um zu zeigen, dass er die Vergangenheit irgendwie kritisch sähe.«

»Ich verstehe nicht.«

»Sein Verhalten ist tadellos, formal gesehen, aber er hat nie mit Wachen und Direktion zusammengearbeitet. Kurz gesagt, er hat nie Informationen gegeben. Er war immer solidarisch mit seinen Mithäftlingen, genauso wie er seinen Komplizen gedeckt hat.«

»Also hat er sich überhaupt nicht geändert.«

»So ist es. Wenn er etwa Zeuge von Verbrechen seiner Mithäftlinge war, hat er sich den Ermittlern gegenüber niemals kooperativ verhalten. Darum bin ich gegen eine Begnadigung; sollten Sie ihm aber verzeihen, werden der Minister und der Präsident das Dekret wahrscheinlich abzeichnen.«

»Ich verstehe Ihre Sicht. Aber für mich ist es existentiell wichtig, selbst zu erfahren, ob er den Mord an meiner Frau und meinem Sohn bereut.«

»Beggiato wird sich perfekt verstellen, um Sie zu überzeugen. Ich kenne meine Pappenheimer. Um da rauszukommen, würden sie alles tun. Sie lügen ohne jede Schwierigkeit. Sie lügen immer. Belügen die Wachen, die Erzieher, die Sozialarbeiter …«

»Aber er ist krank. Er hat nicht mehr lange zu leben.«

»Und darum wird man ihm die restliche Strafe erlassen. Wenn Sie aber entschlossen sind, ihn zu besuchen, dann muss ich die Genehmigung abzeichnen.«

»Ich danke Ihnen.«

Der Richter nahm ein Formular, füllte es rasch aus und unterschrieb. »Geben Sie sich keinen Illusionen hin, Signor Contin. Machen Sie sich auf eine Enttäuschung gefasst.«

Ich war noch nie in einem Gefängnis gewesen. Der Gestank von Schweiß, Essen und Rauch, der kaum von dem Geruch des Salmiakreinigers überdeckt wurde, und das fortwährende Scheppern der ruppig geöffneten und wieder verschlossenen Gitter und Türen schlugen mir entgegen. Die Beamten sahen mich irgendwie feindselig an. Es war ihnen nicht recht, dass ich den Mörder treffen wollte. Man reichte mir eine Plastikschüssel, in die ich alles tun musste, was ich in der Tasche hatte.

»Auch das Handy«, sagte ein Beamter.

»Ich habe keins.«

»Ist auch besser, dass Sie es im Auto gelassen haben.«

In Wirklichkeit besaß ich gar keins. Auch mein Telefon zu Hause blieb monatelang stumm. Aber ich vergeudete keine Zeit damit, ihm das zu erklären. Ich ließ mich durch einige Gittertüren schleusen, die einen langen Flur unterteilten, dann bat man mich in das Besucherzimmer, einen großen Raum, durch dessen Mitte ein meterhohes Mäuerchen verlief, darauf eine halb so hohe Glasscheibe. Auf beiden Seiten Bänke.

Ich musste rund zwanzig Minuten warten. Dann ging die Tür auf, und Raffaello Beggiato erschien. Seit dem Prozess war er sichtlich gealtert. Er war blass, sein Gesicht war tief gefurcht. Seine Unterlippe zitterte. Noch wagte er es nicht, mir ins Gesicht zu sehen. Auch ich war aufgewühlt und presste meine zitternden Hände auf die Oberschenkel. Der Mörder setzte sich mir gegenüber. Er hatte Angst vor mir. Er wischte sich mit der Hand den Schweiß von der Schläfe. Ich beschloss, die Situation auszukosten, und sagte weiterhin nichts. Ein Beamter räusperte sich, vielleicht um uns daran zu erinnern, dass wir nur eine halbe Stunde hatten. Mir fiel auf, dass Beggiato einen Trainingsanzug mit Kapuzenpulli trug.

»Mein Sohn trug auch so einen Trainingsanzug, als du ihn umgebracht hast«, flüsterte ich. Die Wachen sollten nicht hören, was ich ihm zu sagen hatte.

Beggiato schlug sich die Hände vors Gesicht. »Ich flehe Sie an, Signor Contin, es ist so schon quälend genug …«

Mühsam gelang es ihm, sich eine Zigarette anzuzünden. Er versuchte sich zu sammeln, um mich um Verzeihung zu bitten. Ich tat nichts, um es ihm leichter zu machen.

»Wie ich Ihnen schon geschrieben habe, bin ich schwerkrank, und ich bereue, was ich getan habe. Auch wenn nicht ich Ihre Frau und Ihren Sohn erschossen habe, ich fühle mich doch schuldig.«

»Du willst, dass ich dir verzeihe?«

»Ja.«

»Dann sag mir den Namen deines Komplizen.«

Zum ersten Mal sah Beggiato mir in die Augen. »Das können Sie nicht von mir verlangen.«

»Ach nein? Ich soll dir helfen, aus dem Knast zu kommen, nachdem du meine Frau und meinen Sohn umgebracht hast, aber eine Gegenleistung darf ich nicht verlangen?«

Der Mörder brach in Tränen aus. »Es ist fünfzehn Jahre her, und ich habe Krebs, so haben Sie doch Mitleid, ich habe nicht geschossen.«

»Dein Krebs ist mir scheißegal. Ich will den Namen.«

»Das kann ich nicht.«

»Dann stirbst du im Gefängnis.«

Er fuhr sich mit der Hand über die Augen. »Ich glaube, wir haben uns nichts weiter zu sagen.«

»Hör gut zu: Ich weiß, du wirst versuchen, Haftverschonung zu erhalten, aber ich sorge dafür, dass die Presse einen Skandal aus der Sache macht und den Richter derart unter Druck setzt, dass er es sich zwei Mal überlegt, bevor er das Gesuch annimmt.«

Beggiato stand auf. »Sie verlangen zu viel.«

»Dann krepier im Gefängnis, du Bastard.«

RAFFAELLO

Contin hasst mich und will mich reinlegen. So eine verdammte Scheiße, ich brauch was zur Beruhigung. Der Neue auf der 14 sagt, er hat Rohypnol zu verkaufen. Aber den kennt noch keiner. Er ist Italiener, aber redet nicht, vielleicht ist er ein Spitzel und ich sitz hinterher in der Scheiße. Du sitzt jetzt schon in der Scheiße, Arschloch. Wenn Contin mir die Journaille auf den Hals hetzt, beerdigt der Minister mich im Haftkrankenhaus. Was kann ich tun, verdammt? Contin ist ein Hurensohn, aber er hat recht. Und wenn ich den aus der 27 nochmal um was zu Rauchen anhaue? Es ist teuer, er schreibt nicht an, dann sitze ich ohne Zigaretten da und der Serbe hat seine Wette noch nicht gezahlt. Ja, Contin hat recht. Ich hab seine Frau und seinen Sohn umgebracht und will jetzt seine Unterschrift ganz ohne Gegenleistung. Aber den Namen kann ich ihm nicht sagen. Erstens wär ich dann ein Verräter, außerdem hätte ich das schon vor fünfzehn Jahren tun können, und vor allem würde dann mein Plan mit Brasilien den Bach runtergehen. Aber ich hab auch ein Anrecht auf ein bisschen Ruhe. Scheiße, ich sterbe, es ist nur eine Frage der Zeit, und in diesen fünfzehn Jahren hab ich gelitten wie ein Hund. Der Arzt sagt, ich soll mich schnell wegen der Chemotherapie entscheiden. Je früher ich damit anfange, desto länger kann ich alles hinauszögern. »Wollen Sie gar nicht wissen, wo der Krebs bei Ihnen sitzt?«, hat er gefragt. »Nein«, hab ich geantwortet. Was schert mich, wo der Scheiß sitzt. Er ist da, das reicht. Er frisst dich auf wie eine Ratte, die sie dir in den Arsch geschoben haben. Wenn ich es wüsste, würde ich mir immer an die kranke Stelle fassen, das ärgert ihn dann vielleicht und er nagt noch schneller als so schon. Außerdem sagt der Weißkittel, es ist falsch, dass ich so tue, als ob ich gesund sei, das wäre unverantwortlich. In jeder anderen Situation hätte ich ihm ein paar gelangt. Der Saftsack. Weiß der, was es bedeutet, im Knast krank zu sein? Die anderen umkreisen einen wie die Geier. Hier drin hat niemand Mitleid. Und zum Abschied hat er gesagt, im letzten Stadium werden die Schmerzen grässlich sein. Bastard! Wenn ich ein zahlender Patient wäre, dann hätte er die Schnauze gehalten. Und wenn der Krebs im Schwanz sitzt? Pech gehabt! Dann könnte ich mich nicht mal mehr vergnügen, bevor ich den Löffel abgebe. Vielleicht sitzt er ja genau da, weil ich so viel gewichst hab. Ich könnte die Kalabresen um ein bisschen H bitten, aber dann muss ich erst bei denen aus Bergamo um die Spritze betteln. Sind schon in Ordnung, die Jungs, aber wer weiß, was die für eine Seuche haben, die mich noch vor der Zeit umbringt. Sie könnten dasselbe sagen. Ich hab Krebs, vielleicht wollen sie sie mir gar nicht mehr leihen. Sieht so aus, als könnte ich mir keinen Schuss mehr setzen, und in der Zelle hab ich nur Zigaretten und Kaffee. Es geht nicht anders, ich muss es versuchen: Den Namen kann ich nicht angeben, ich muss dem Anwalt schreiben, dass er Haftverschonung beantragen soll. Wenn das schief geht, amen, dann ende ich im Haftkrankenhaus. Verflucht, warum haben die Bullen mich damals nicht gleich umgelegt? Eine Kugel, das geht schneller als Knast und Krebs. Viel schneller. Ja, ich muss alles auf eine Karte setzen. Vielleicht macht Contin gar keinen Druck mit der Presse. Doch, macht er, garantiert. Er ist verbittert. Hat ja auch recht. Wäre ich auch an seiner Stelle. Ich hab mich in ihm getäuscht, ich hätte gedacht, ein »Normaler« wäre zu so was nicht fähig. Ich mach mir mal einen Kaffee, das vertreibt die Zeit. Spätestens wenn die Schmerzen schlimm werden, muss ich draußen sein, mit dem Geld kann ich mir genug Zeug besorgen, um die ganze Sache in Zaum zu halten. Im Haftkrankenhaus zählen sie dir die Tropfen des Schmerzmittels einzeln vor. Bist ja nur ein Scheißlebenslänglicher, wen kümmert das schon. Ja, ich schicke gleich dem Anwalt ein Telegramm und sage der Mutter, sie soll sich mit meinem Kumpel in Verbindung setzen. Dass er sofort das Geld und einen Pass organisiert. Nicht, dass ich rauskomme und er hat alles investiert und ist nicht flüssig. Mamma wird sich nicht freuen, aber ich hab sonst niemanden, an den ich mich wenden kann. Mit meinem Kumpel hab ich in all den Jahren drei Mal Kontakt gehabt. Wegen drei Fluchtplänen, die alle drei in die Binsen gegangen sind. Heutzutage kannst du eine Flucht vergessen. Kein Schwein kann mehr die Fresse halten. Ich habe ihn gedeckt, jetzt ist er an der Reihe. Ich darf nicht vergessen, Kaffee und Zucker nachzubestellen. Ja, genau so mache ich es: Ich schicke die Mutter zu ihm, und er organisiert meine Reise. Hauptsache, Contin fickt mich nicht doch noch irgendwie. Natürlich hat er sich auch verändert. Leichenblass ist er, macht einem richtig Angst, so weiß wie ein Laken. Als wäre er selbst im Gefängnis gewesen. Geht der nie mal an den Strand? Vielleicht ist er ja krank. Am Ende hat auch er Krebs. Ich muss mich bereithalten, nachher kommen sie vorbei für die Bestellungen, und für ein Telegramm brauche ich die Genehmigung vom Direktor.

Der Strafgefangene Beggiato, Raffaello, zweiter Abschnitt, Zelle Nr. 5, stellt hiermit bei der Gefängnisdirektion den Antrag auf Genehmigung zur Versendung eines Telegramms mit dem folgenden Wortlaut: Erwarte Sie für dringende Unterredung. Hochachtungsvoll, Raffaello Beggiato.

Wie viele solche beschissenen Anträge an die verfluchte Direktion hab ich gestellt in all den Jahren? Du willst mit dem Priester reden oder mit dem Direktor oder mit dem Sozialarbeiter? Antrag. Du willst ein Shampoo, das nicht in den Augen brennt? Antrag. Du willst einen Panettone zu Weihnachten? Antrag. Du willst dich vom Zahnarzt foltern lassen? Antrag. Der gute alte Zahnarzt. Den kranken Zahn zieht er einem, denn nur das wird vom Ministerium bezahlt. Wenn du nicht mit fünfundvierzig ohne Zähne dastehen willst, musst du löhnen. Du willst den Zahnarzt bezahlen? Antrag.

Contin hat mich ausgehebelt. Ich hatte mir eine hübsche kleine Rede zurechtgelegt, die ihn überzeugen sollte, dass ich bereue, aber er hat mich völlig aus dem Konzept gebracht. Mein Kumpel müsste mir wirklich ein Denkmal errichten. Mehr als nur einmal war die Versuchung groß, ihn zu verpfeifen und die Strafe auf diese Weise zu verkürzen. Jetzt mehr als je zuvor. Kurz hab ich weiche Knie bekommen und war schon drauf und dran, Contin alles zu erzählen. Aber dann hätte ich vor Gericht aussagen müssen. Verfluchte Scheiße. Wenn ich nicht eine Frau und ein Kind umgebracht hätte, ich wär stolz auf mich. Aber ich fühle mich beschissen, die ganze Zeit. Ich hab nie jemandem erzählt, dass ich es war, der geschossen hat. Nur mein Kumpel kennt die Wahrheit. Aber manchmal, so wie jetzt, würde ich gern jemandem alles erzählen. Ich weiß auch nicht, warum. Bevor ich sterbe, lasse ich einen Priester rufen und beichte. Vielleicht spricht er mich von dieser Sünde frei, bevor er mir die letzte Ölung verpasst. Ob es die Hölle wirklich gibt? Dein Leben lang denkst du nicht mal an diesen ganzen Scheiß, aber wenn du weißt, dass du demnächst den Löffel abgeben musst, willst du deinen Arsch retten.

Ich brauch noch eine neue Dichtung für das Espressokännchen. Noch ein Scheißantrag. Und der für die Einkäufe zuständige Beamte ist ein Trottel. Meistens bringt er das Falsche. Am Ende stehe ich da mit Dichtungen für ein Sechs-Tassen-Kännchen. Alles schon vorgekommen. Der macht sich einen schönen Lenz; statt seine Dienstzeit im Büro abzusitzen, spaziert er durch die Stadt und kauft für uns ein, und nicht mal das macht er richtig. Soll sich ins Knie ficken, der Scheißbulle.

Ich hab über den Tod nachgedacht, und so langsam kriecht die Angst hoch. Ich spüre sie im Bauch. Ich hab eine Scheißangst vorm Sterben. Ob ich bei Bewusstsein bin, wenn es so weit ist? Was werde ich spüren? Und dann, was kommt dann? Wird mir Gott erscheinen, wie Don Silvio sagt, und mich fragen, ob ich auf ewig in seinem Angesichte leben möchte? Leben? Was quatschst du da, Arschloch.

Und wenn es gar nichts gibt? Nur Dunkelheit? Unermessliche, schwarze Dunkelheit?

Ruhig, denk nicht so viel nach. Steck dir noch eine Zigarette an. Wenn ich im Haftkrankenhaus lande, wird es ein Scheißtod. Aber draußen, da kann ich mir genug Stoff besorgen, dass ich keine Schmerzen habe, und wenn es so weit ist, bin ich nicht bei Besinnung. So ficke ich sogar den Sensenmann. Scheiße, das Geld. Das macht doch immer den Unterschied. War schon immer so. Ich will in Brasilien sterben. Wie ein feiner Herr. Vielleicht wird auch inzwischen ein neues Mittel entdeckt und ich werde gerettet. Ich bin erst fünfundvierzig, verdammte Scheiße. Ich bin jung. Ein junger Häftling. Ein junger Häftling mit bösartigem Krebs. Und Contin will diesen Namen. Soll sich doch ins Knie ficken, er auch. Sollen sich alle ins Knie ficken.

Der Strafgefangene Beggiato, Raffaello, zweiter Abschnitt, Zelle Nr. 5, stellt hiermit bei der Direktion den Antrag auf Genehmigung zum Kauf von drei Dichtungen für ein Espressokännchen von einer Tasse Inhalt. Hochachtungsvoll, Raffaello Beggiato.

Ich unterstreiche »einer«, sicherheitshalber.

SILVANO

Kommissar Valiani war überrascht. Ich war schon lange nicht mehr im Präsidium gewesen, um nach Neuigkeiten zu fragen. Er stand hinter seinem mit Akten überhäuften Schreibtisch auf und streckte mir seine vom Nikotin gelbe Hand hin.

»Guten Tag, Signor Contin«, begrüßte er mich misstrauisch.

»Ich muss mit Ihnen reden.«

»Der Fall ist seit einer Weile zu den Akten gelegt.«

»Das ist mir bekannt. Aber Beggiato hat jetzt Krebs und erhält vielleicht Haftverschonung.«

»Möglicherweise ...«

»Ich habe mit dem zuständigen Richter gesprochen, die Möglichkeit ist groß.«

»Und?«

»Wenn er draußen ist, nimmt er vielleicht Kontakt zu seinem Komplizen auf.«

»Wir werden ihn im Auge behalten. Wir haben den Fall nicht vergessen, auch wenn wir den anderen bisher nicht ermitteln konnten. In ein paar Jahren gehe ich in Pension und möchte ungern offene Fälle zurücklassen.«

»Ich kann mich also auf Sie verlassen?«

»Ich werde mich persönlich darum kümmern.«

Beim Abschied dachte ich, ein jüngerer, ehrgeizigerer Beamter würde mir mehr Zutrauen einflößen. Ich hatte nur noch den Komplizen im Kopf, schien doch jetzt seine Verhaftung wenigstens denkbar. Aber nur, wenn Beggiato es aus dem Zuchthaus raus schaffen würde, und nur, wenn er dann Kontakt zu ihm aufnähme. Sein beharrliches Schweigen war für mich ein Zeichen dafür, dass der andere noch am Leben war, frei und in Italien lebte, vielleicht sogar in der Stadt. Sonst hätte er ohne Gewissensbisse reden können. Je länger ich darüber nachdachte, desto gewisser war ich, dass Beggiato ihn aufsuchen würde, sobald er aus dem Gefängnis kam. Aber diesmal würde die Polizei ihn nicht wieder entkommen lassen. Meine Drohung, Beggiatos Freilassung zu verhindern, war nur ein Bluff. In Wirklichkeit sehnte ich den Moment herbei, in dem er Valianis Männer zu seinem Komplizen führte. Er musste mehr oder weniger so alt sein wie Beggiato selbst. Er würde bis zu seinem Tod im Zuchthaus schmoren. Beggiato wäre dann schon lange tot. Tot. Alle tot. Die Verbrecher, Clara, Enrico. Und irgendwann würde auch ich selbst an die Reihe kommen.

Don Silvio wartete, bis ich eine Kundin fertig bedient hatte.

»Was ist passiert?«, fragte er besorgt.

»In welchem Sinne?«

»Beggiato ist verzweifelt und hat mir nicht erzählen wollen, wie Ihr Treffen gelaufen ist.«

»Vielleicht, weil es nichts zu erzählen gibt.«

»Sie werden der Begnadigung nicht zustimmen, oder?«

Ich zuckte mit den Schultern und schaltete die Maschine an, mit der ich Absätze befestigte. Nach ein paar Minuten gab der Priester auf. Mit einem müden, resignierten Winken verabschiedete er sich.

An diesem Abend hatte ich eine Vorladung der Carabinieri im Briefkasten. Ich ging sofort auf die Wache. Ein Beamter in Zivil erklärte mir, es handele sich um Beggiatos Gnadengesuch.

»Es tut mir leid, dass wir Sie wegen dieser Sache behelligen müssen.« Er klang aufrichtig.

»Machen Sie sich keine Sorgen. Ich habe das schon erwartet.«

»Was soll ich schreiben? Positive oder negative Stellungnahme?«

»Negative.«

Am Ausgang wurde ich von einem Mann in den Vierzigern erwartet. Er sagte, sein Name sei Presotto, er arbeite für eine Tageszeitung. In unserer Stadt gab es drei Blätter, eines, das Mitte rechts stand, eines Mitte links und das dritte als Beilage zu einer großen landesweiten Tageszeitung. Presotto arbeitete für das erste.

»Wir haben erfahren, dass Raffaello Beggiato ein Gnadengesuch gestellt hat«, sagte er. »Ich kann mir nur vorstellen, dass Sie dagegen sind.«

Ich betrachtete sein Doppelkinn, die gelbliche Gesichtsfarbe und die dicke Brille. Ich hatte jetzt keine Lust, mit ihm zu reden, aber sein entschlossenes Auftreten machte mir klar, dass ich ihn nicht so leicht loswerden würde.

»Ja, ich habe eben meine Ablehnung zu Protokoll gegeben.«

»Tut Beggiato Ihnen nicht leid? Er hat Krebs, ihm bleibt nicht mehr viel Zeit ...«

So ist es immer mit den Journalisten. Eine Frage ergibt die nächste. Ich versuchte, ihm meine Lüge gelassen aufzutischen. »Aus menschlicher Sicht tun mir seine gesundheitlichen Probleme leid, aber sein Verbrechen ist zu schwerwiegend, als dass er Milde verdient hätte.«

»Stimmt es, dass Sie ihn im Zuchthaus besucht haben?«

»Ja.«

»Und Sie hatten um das Treffen gebeten?«

»Ja.«

»Und warum?«

»Ich war neugierig. Er hatte mich schriftlich um Vergebung gebeten und geschworen, er sei ein anderer Mensch geworden, er würde bereuen ...«

»Aber?«

»Ich hatte nicht den Eindruck.«

»Könnten Sie das genauer sagen?«

»Nein. Ich bin müde, ich möchte nach Hause.«

»Nur noch eine Frage. Avvocato De Bastiani hat heute einen Antrag auf Haftverschonung aus Gesundheitsgründen gestellt, und die wird aller Wahrscheinlichkeit nach gewährt werden. Was empfinden Sie, wenn der Mörder Ihrer Lieben auf diese Weise wohl doch freikommt?«

»Die Entscheidung wird vom zuständigen Gericht gefällt, das meine Meinung nicht einzuholen braucht.«

»Das heißt, Sie sind dagegen.«

Ich antwortete nicht sofort. Ich musste mich entscheiden, ob ich dafür sorgen wollte, dass Beggiato hinter Gittern bleiben musste. Doch dann konnte er niemanden zu seinem Komplizen führen.

»Sagen wir es so, die Sache geht mich nichts an. Aber die Haftverschonung hebt nicht die Strafe auf. Beggiato würde auch auf diese Weise zu ›lebenslänglich‹ verurteilt bleiben.«

»Ich muss sagen, ich bin wirklich überrascht«, sagte Presotto, »und auch ein bisschen enttäuscht. Ich hätte eine härtere, entschlossenere Reaktion von Ihnen erwartet. Ich persönlich bin der Ansicht, dass dieser Verbrecher es verdient, zu bleiben, wo er ist. Meine Zeitung ist politisch gut vernetzt, ich glaube, Sie verstehen, was ich meine ... Wir könnten Ihnen helfen.«

Das hatte ich sehr gut verstanden. Ich gab ihm die Hand und ging eilig meines Weges. Ich wollte mich nicht weiter mit Presotto auseinandersetzen. Ich wusste nicht, wie ich mich verhalten sollte, ich hatte Angst, etwas zu sagen, das meinem noch allzu diffusen Plan schaden könnte. Hoffentlich hatte ich keinen Fehler begangen. Sorge und Unruhe führten mich in eine Bar. Ich hatte schon lange keine mehr besucht. Ich bestellte einen Espresso mit einem Schuss Brandy. Die Frau hinterm Tresen war jung und stammte nicht von hier; sie würdigte mich keines Blickes und unterhielt sich ungestört weiter mit der Kassiererin. Ich war ihr dankbar dafür. Ich brauchte nur eine Pause zum Nachdenken.

Früher war ich geschickt im Umgang mit Menschen gewesen. Jetzt war ich immer gleich befangen. Auch den Kunden gegenüber.

Wenn es eine Reklamation gab, wusste ich mich nicht zu verteidigen. Lieber erließ ich dem Kunden die Rechnung. Aber das kam selten vor. Mich auf die Absätze, Sohlen und Schlüssel zu konzentrieren verschuf mir eine Atempause in meinen Grübeleien. Fernzusehen hatte dieselbe Wirkung. Meine Stunden vorm Bildschirm waren unabdingbar nötig, um der Unruhe ein wenig Zeit zu stehlen, obwohl es schwierig war, Sendungen zu finden, die nicht irgendwie Erinnerungen an Clara und Enrico weckten.

Nachrichten, Diskussionen, Krimis oder Dokumentarfilme über Kriminalfälle schaltete ich nicht an. Nicht mal Fußball konnte ich sehen. Zwei Sonntage vor der Tragödie war ich mit Enrico im Stadion gewesen. Es hatte ihm so gut gefallen, und ich musste ihm versprechen, dass wir öfter hingehen würden. Am liebsten sah ich Quizsendungen und Unterhaltungsshows. Die Tagesnachrichten überflog ich morgens früh in der Zeitung, bevor ich meinen Laden aufmachte. Zu der Tageszeit war ich am stabilsten. Gefährdeter war abends der Moment, in dem ich die Wohnungstür aufschloss, im Wissen, dass niemand da war, der mich erwartete. Dann machte ich rasch den Fernseher an, um die Stille zu vertreiben, in der sonst unweigerlich die Erinnerungen hochgekommen wären.

Das würde auch heute nicht anders sein, das wusste ich, als ich den Schlüssel ins Schloss steckte. Ich machte alle Lichter an und stellte den Fernseher laut. Statt eine Packung Penne mit Lachs aus dem Tiefkühlfach zu nehmen, beschloss ich, selbst etwas zuzubereiten. Brühe aus Würfeln mit Suppennudeln. Etwas Heißes, das den säuerlichen Geschmack des Kaffees vertreiben würde. Ich stellte die Küchenuhr auf die Kochzeit der Nudeln ein, sieben Minuten. Dann tat ich Butter und Parmesan dazu. So wie Clara, wenn sie dasselbe für Enrico kochte. Diese Nacht würde nicht leicht werden. Presottos Artikel erschien zwei Tage später. Ich musste ihn mehrfach lesen. Vor Aufregung konnte ich mich kaum konzentrieren. Neben der Überschrift war ein Foto von Clara und Enrico abgedruckt. Beide lächelten. Daneben eines von Beggiato. Der ernste, undurchschaubare Blick des eingefleischten Verbrechers. Und darunter meines, eine Aufnahme vom Prozess. Ich betrachtete meine verwirrten Augen, die sich noch an die dunkle Unermesslichkeit des Todes gewöhnen mussten.

Raffaello Beggiato bald frei?

Jeder in unserer Stadt dürfte sich daran erinnern, wie gnadenlos der Raubmörder Raffaello Beggiato und ein nie identifizierter Komplize vor fünfzehn Jahren Clara und Enrico Contin umbrachten. Ein grausames Verbrechen, das Beggiato eine lebenslängliche Haftstrafe einbrachte. Zu Recht. Jetzt aber scheint er dank eines bösartigen Tumors, den der ärztliche Dienst des Gefängnisses bei ihm diagnostiziert hat, bald wieder in Freiheit gelangen zu können. Eigentlich dürfte eine solche Maßnahme ausschließlich zu einer vorübergehenden Unterbrechung der Strafe dienen, in der der Gefangene so weit behandelt wird, dass er die Haft wieder antreten kann. Für Beggiato, dessen Krankheit unheilbar ist, käme dies also nicht in Frage, doch häufig überschreitet das Mitleid die Grenzen des Gesetzes, und die zuständigen Richter tendieren dazu, die entsprechenden Paragraphen mit überzogener Milde auszulegen. Wohlverstanden: Der Häftling und Bürger Beggiato hat das Recht auf die beste Behandlung. Doch warum ihn freilassen, wenn er auch im Gefängnis behandelt werden könnte? Der Umstand, dass er seine Erkrankung aller Wahrscheinlichkeit nach nicht überstehen wird, darf in keinster Weise den strengen Sinn des Gesetzes aushebeln. »Lebenslänglich« ist die härteste bei uns vorgesehene Strafe, und in Raffaello Beggiatos Fall ist sie mehr als verdient. Jetzt wünscht der Doppelmörder also, sein Leben als freier Mann zu beenden. Tatsächlich hat sein Anwalt ein Gnadengesuch gestellt, dem jedoch gewiss nicht stattgegeben wird, nachdem der zivilrechtliche Nebenkläger, Silvano Contin, seine Ablehnung dieses Gesuchs ausgedrückt hat. Contin, der Vater des kleinen Enrico und Gatte von Clara, die beide von Beggiato und seinem Komplizen getötet wurden, hat den Häftling kürzlich im Zuchthaus besucht; er wollte sich vergewissern, dass Beggiato seine Tat wirklich bereut, wie dieser es in einem Brief behauptete, in dem er ihn um Vergebung gebeten hat. Eine noble Geste, mit der Silvano Contin beweist, dass er trotz der schrecklichen Tragödie tiefe Menschlichkeit bewahrt hat. Vergebung jedoch konnte er nicht gewähren. Beggiato hat ihn nicht überzeugt. Warum ihn dann aus der Haft entlassen, wenn es doch offensichtlich ist, dass Haftverschonung in seinem Fall einer Begnadigung gleichkäme? Niemand wird einem Todkranken mitleidlos gegenüberstehen, aber man darf auch nicht vergessen, welch furchtbares Verbrechen ihn hinter Gitter gebracht hat. Wer Geiseln nimmt und umbringt, nur um sich zu bereichern, der soll auch den Mut haben, seine Rechnung mit der Gesellschaft zu begleichen. Gewiss verlangen wir nicht von Beggiato, diesen Mut unter Beweis zu stellen, wohl aber vom zuständigen Gericht. Und vom Minister erwarten wir, dass er weiterhin die feste Hand zeigt, durch die seine Amtsführung sich bisher auszeichnete.

Nun hatte Presottos Zeitung also ihren Feldzug begonnen. Beggiato konnte alle Hoffnung vergessen freizukommen. Der Minister würde es nicht zulassen. Und so löste sich auch mein eigener Plan in Luft auf. Ich musste mich damit abfinden, dass Beggiatos Komplize weiterhin davonkam.

Das Foto in der Zeitung sah mir nicht mehr ähnlich, niemand auf der Straße würdigte mich eines Blickes. Auch heute war ich für alle nur der Mann vom »Absatz-Blitz«.

Mir war seltsam zumute. Unbehaglicher als sonst. Die Ereignisse dieser Tage und die Gefühle, die sie auslösten, hatten das empfindliche Gleichgewicht meines Lebens durcheinandergebracht. Ich konnte den inneren Hilferuf nur noch schwer unterdrücken. Mit quälender Beharrlichkeit schrillte er in meinem Gedächtnis und fuhr mir direkt ins Herz. »Es ist alles so dunkel, Silvano. Ich kann nichts mehr sehen. Ich habe Angst, ich habe Angst, hilf mir, es ist so dunkel!« Ich wollte sobald wie möglich nach Hause und ins Bett, aber dort wäre es nur noch schlimmer. So versuchte ich, mich auf die Arbeit zu konzentrieren. Ein Nagel, ein Schlag mit dem

Hammer. Der nächste Nagel, der nächste Schlag. Dann die Maschine anstellen. Fräsen, polieren und nachpolieren.

»Es ist alles so dunkel, Silvano!«

»Ich weiß, Liebes. Ich weiß.«

Am nächsten Tag brachte die Zeitung einen weiteren Artikel und verschiedene Lesermeinungen. Es war Presotto also gelungen, das öffentliche Interesse an dem Fall wiederzubeleben. Ich las ein paar Zeilen, dann warf ich die Zeitung in einen Abfalleimer des Einkaufszentrums.

Ich brauchte zwei Tage, um wieder einigermaßen zur Ruhe zu kommen. Vorm Spiegel fand ich den Mut, mir einzugestehen, dass ich ein Versager war, unfähig, die Umschwünge in jener Wirklichkeit zu bewältigen, die ich mir so mühevoll aufgebaut hatte.

Dann bekam ich zwei Mal Besuch. Und mein Leben änderte sich von Grund auf. Abermals.

Als Erstes erschien eine elegant gekleidete Mittvierzigerin in meinem Laden. Irgendwie erinnerte sie mich an jemanden, aber ich erkannte sie erst, nachdem Don Silvio sie mir vorgestellt hatte. Beim Schwurgerichtsprozess war sie einer der Schöffen gewesen. Die Dritte von links. Schon damals war sie eine feine Dame, eine von denen, denen man auf den ersten Blick ansieht, dass sie zur »besseren Gesellschaft« gehören. Sie lächelte mich wärmstens an, wie schon damals während der Verhandlung öfter.

»Verzeihen Sie die Störung«, sagte sie mit leichtem venezianischem Akzent. »Aber nachdem ich Presottos Artikel gelesen habe, drängt es mich, Ihnen zu sagen, dass ich es im Nachhinein schwer bereut habe, das ›lebenslänglich‹ für Beggiato unterstützt zu haben.«

Unverhohlen feindselig starrte ich den Priester an. »Sie geben wohl nie auf, was?«

»Bitte hören Sie doch erst mal.«

»Wozu denn?«, fragte ich entnervt. »Ich habe schon offiziell erklärt, dass ich gegen das Gnadengesuch bin.«

»So etwas lässt sich immer noch korrigieren«, beharrte der Geistliche.

Die Frau legte mir die Hand auf den Arm. »Damals fand ich es richtig, dass Beggiato mit ›lebenslänglich‹ dafür zahlt, aber in der Zwischenzeit habe ich nachgedacht, und mir ist klar geworden, dass das eine inhumane Strafe ist. Jeder, auch der schlimmste Verbrecher, hat ein Recht auf eine zweite Chance …«

»Quatsch«, unterbrach ich sie. »Schon wieder so eine Fanatikerin. Eine Betschwester, die Angst vor der Verantwortung hat. Verschwinden Sie!«

Das tat sie nicht. Sie drückte meinen Arm nur noch fester. Ich sah sie verblüfft an. Eine attraktive Frau mit grünen Augen und gut geschnittenem Mund. »Ich bin nicht religiös«, sagte sie entschieden. »Nach meinen Erfahrungen als Schöffin habe ich mich einer ehrenamtlichen Einrichtung angeschlossen, die sich um Häftlinge kümmert. Ich habe Jahre gebraucht, um meinen Irrtum einzusehen.«

»Beggiato hat sie offensichtlich ganz schön um den Finger gewickelt.«

»Ich bin ihm nie begegnet. Ich besuche ein Zuchthaus in einer anderen Stadt.«

»Was wollen Sie von mir?«

»Eine verantwortungsbewusste, eine humane Geste.«

»Ach, mehr nicht?«

»Seien Sie bitte nicht sarkastisch.«

»Raus hier«, fuhr ich sie an. »Beide. Und du, Pfaffe, lass dich hier nicht mehr blicken.«

Die Frau hinterließ ihre Visitenkarte auf dem Ladentresen. »Falls Sie mit mir reden möchten, können Sie mich jederzeit anrufen.«

»Ich habe schon die Nummer von Don Silvio. Er hat genau dieselben Reden gehalten. Ich brauche mit niemandem mehr zu sprechen.«

Sie lächelte traurig und ging, gefolgt von dem Geistlichen.

Der zweite Besuch erschien am nächsten Abend. Raffaello Beggiatos Mutter wartete vor der Haustür auf mich. Sie sah genauso aus, wie ich sie in Erinnerung hatte, nur gealtert. Erst wollte ich sie fragen, woher sie meine Adresse hatte, schließlich stand ich nicht im Telefonbuch, aber ich konnte mir schon denken, dass der Anwalt, De Bastiani, sie ihr gegeben hatte.

»Gehen Sie.«

Sie ging nicht, sondern lehnte sich an die Tür und versperrte mir so den Zugang zum Schloss. »Er stirbt mir im Gefängnis, jetzt, wo die Geier von der Zeitung über ihn hergefallen sind.«

Ich zückte den Schlüssel. »Lassen Sie mich rein.«

»Der Anwalt sagt, wenn Sie sich nicht für ihn aussprechen, dann bekommt er nicht mal Haftverschonung.«

Diese Frau raubte mir die Geduld. »Ich verzeihe Ihrem Sohn nicht. Das habe ich schon zu Protokoll gegeben. Jetzt lassen Sie mich ins Haus.«

»Sie sollen Raffaello gar nicht verzeihen, Sie sollen nur zu den Reportern sagen, dass Sie nichts gegen die Haftverschonung haben.«

Da verlor ich die Beherrschung. Ich packte sie beim Hals und drückte sie an die Tür. »Verfluchte Schlampe, ich kann es gar nicht erwarten, dass dein Sohn krepiert. Und ich hoffe, er leidet wie ein Tier.«

Signora Beggiato schrie entsetzt auf. Ich schubste sie beiseite und öffnete die Tür. In der Küche setzte ich mich hin und trank den Wein direkt aus dem Karton. Mir fiel ein, dass ich Enrico, wenn er seinen Saft so trank, immer ausgeschimpft hatte. Ich nahm ein Glas und goss es randvoll. Mein Mund war trocken vor Aufregung. Und vor Scham. Ich hatte mich an einer alten Frau vergriffen. Und fürchterliche Dinge zu ihr gesagt. Dass ihr Sohn ein Mörder war, war nicht ihre Schuld, und all diese Jahre waren für sie sicher schwer gewesen. Sie wollte ihn verteidigen, wie nur eine Mutter es tun kann. Ich war froh, dass uns niemand gesehen hatte. Die

Nachbarn wussten nicht, wer ich war, und ich hatte keine Lust, dass sie sich die Mäuler über mich zerrissen. Der Wein beruhigte meine Nerven. Ich schaltete den Fernseher an und versuchte, mich auf die Fragen in der Endrunde einer Quizsendung zu konzentrieren.

Ich war sicher, dass ich Beggiatos Mutter nie wiedersehen würde, jedenfalls nicht bei mir zu Hause. Doch dann stand sie genau vierundzwanzig Stunden später wieder da und wartete auf mich, angespannt und nervös. Mit der einen Hand presste sie sich die Handtasche an den Leib, die andere betastete den Kragen ihres Kleides.

»Bitte lassen Sie mich doch in Ruhe«, sagte ich und achtete darauf, einigen Abstand zu ihr zu halten. Ich konnte mich auf meine Beherrschung nicht verlassen.

Sie brach in Tränen aus. »Raffaello hat gesagt, du willst diesen Namen wissen. Ich kenne ihn«, stotterte sie zwischen den Schluchzern.

Unvermittelt überkam mich eine furchtbare Müdigkeit. »Dann gehen Sie zur Polizei und lassen den Verbrecher verhaften.«

»Ich sage ihn dir. Wenn du meinem Sohn hilfst, dass er aus dem Gefängnis kommt …«

Ich war so überrascht, dass ich kein Wort herausbrachte. Signora Beggiato hingegen war hellwach und für Verhandlungen gewappnet.

»Erkläre der Presse, dass du für eine Haftverschonung bist, und ich sorge dafür, dass du den Mann findest, den du seit fünfzehn Jahren suchst.«

»Schickt Ihr Sohn Sie?«

Sie nahm ein Taschentuch aus der Handtasche. »Nein. Und er darf auch nichts erfahren. Das bleibt zwischen mir und dir. Wenn Raffaello das herauskriegt, schaut er mir nie wieder ins Gesicht, aber ich muss ihm doch helfen. Ich bin seine Mutter. Ich will nicht, dass er im Gefängnis stirbt.«

Ich schaute mich um. Eine Nachbarin war an ihrem Fenster zu sehen und beobachtete uns, war aber weit genug entfernt, um nicht zu hören, was wir sagten.

»Kommen Sie, wir fahren ein Stück mit dem Wagen.«

Am nächsten Morgen holte ich die Visitenkarte der früheren Schöffin aus dem Portemonnaie. Sie hieß Ivana Stella Tessitore.

»Ich möchte mich für mein Verhalten entschuldigen.«

»Ich bitte Sie. Ich kann mir genau vorstellen, wie Ihnen zumute ist.«

Leeres Gerede. Weltfremde Höflichkeiten. Niemand konnte wissen, wie es in mir aussah. Schon gar nicht sie mit ihrem Mitleid für Mörder. Am liebsten hätte ich ihr die Meinung gesagt, aber ich hatte meine Absprache mit Signora Beggiato.

»Ich würde mich gern mit Ihnen treffen, wenn möglich schon heute Abend«, sagte ich, ohne den Grund zu nennen. Das war auch nicht nötig. Ich war sicher, sie würde ohne weitere Fragen einwilligen. Und tatsächlich lud sie mich zu sich nach Hause ein. Nach der Arbeit fuhr ich nach Hause, duschte mich und benutzte ein Eau de Toilette. Ich war es nicht mehr gewohnt, nach dem Abendessen auszugehen. Die Stadt erschien mir fremd und feindselig. In einer Straße, durch die ich früher fast jeden Abend gegangen war, sah ich lauter junge Männer aus Osteuropa, die dort auf den Strich gingen. Sie waren blond und dünn und lächelten in die vorüberfahrenden Autos.

Signora Tessitore wohnte in einem Reicheleuteviertel, in dem ich früher auch viele Bekannte gehabt hatte. Hübsche Villen im Grünen. Eine etwa zwanzigjährige junge Frau öffnete mir die Tür. Sie reichte mir die Hand: »Ich bin Vera. Kommen Sie, meine Mutter erwartet Sie.«

Ivana Stella trug ein blaues Jäckchen und einen Rock in derselben Farbe. Die Schlichtheit war nur scheinbar. Stoff wie Machart der Kleidungsstücke waren erstklassig, und die Perlenkette stammte wahrscheinlich vom besten Juwelier der Stadt. Sie bat mich, auf einem Sofa Platz zu nehmen, und bot mir einen Spitzencognac an. Früher hätte ich daran geschnuppert und ihn zwischen den Händen gewärmt, hätte ihn mit aller schuldiger Aufmerksamkeit behandelt. Jetzt goss ich gut die Hälfte umstandslos herunter, während ich die passenden Worte suchte.

Sie wollte die Situation auflockern und erzählte von sich selbst. So erfuhr ich, dass sie seit einigen Jahren getrennt lebte und Vera ihr einziges Kind war. Sie hatte genug Geld, um von den Zinsen zu leben, machte aber sogleich deutlich, dass sie nicht einfach eine gelangweilte reiche Frau und darum ehrenamtlich tätig war. Als ich von ihrem Gerede genug hatte, sagte ich in einem Atemzug: »Ich habe es mir überlegt. Ich befürworte die Haftverschonung und suche nach einem Weg, das öffentlich bekannt zu machen.«

Sie saß einen Moment still da, um diese Neuigkeit zu verdauen. »Darf ich fragen, wie das kommt?«

»Nein. Das ist mir lieber.«

»Ich verstehe. Entschuldigen Sie, das war eine dumme Bitte.«

»Das Problem ist, ich weiß nicht, wie ich vorgehen soll. Ich brauche Ihren Rat. Ich will nicht, dass mir das irgendwie schadet.«

Ivana Stella goss sich noch einen Fingerbreit Cognac ein. »Ich hoffe, ich kann das leisten. Warum wenden Sie sich nicht an Don Silvio oder an Avvocato De Bastiani?«

»Der eine ist der Gefängnispfarrer, der andere ein junger Anwalt ohne viel Erfahrung. Sie hingegen waren Schöffin im Prozess, und Sie kennen diese Stadt gut.«

»Ich glaube, Sie werden sich an die Presse wenden müssen. Ein Brief oder ein Interview könnten sinnvoll sein, aber erwarten Sie nicht, dass sie von allen Seiten Verständnis ernten werden.«

»Genau darum möchte ich so behutsam vorgehen wie möglich. Ich will nicht von den Reportern belagert werden.«

Signora Tessitore überlegte abermals. Erst jetzt fiel mir die diskrete Musik auf, die aus einer kostspieligen Hi-Fi-Anlage herüberklang; sie war im Bücherschrank untergebracht, der eine ganze Wand einnahm. Schöne Musik, ich hätte nicht sagen können, was für welche, aber sie hatte etwas, das mich anrührte. Als sie vorbei war, hätte ich fast darum gebeten, sie noch einmal zu spielen.

»Ja, ich glaube, ein Brief wäre das Beste.« Ivana Stella unterbrach meine Gedanken. »Und zwar einer an alle drei lokalen

Tageszeitungen, dann braucht niemand auf den Knüller eifersüchtig zu sein. So vermeiden Sie direkten Kontakt mit den Journalisten und können Ihre Haltung erläutern, ohne dass Sie Missverständnisse befürchten müssen.«

»Die Idee ist ausgezeichnet. Ich habe schon länger nicht mehr geschrieben ... Wenn ich einen Entwurf aufsetze, wären Sie bereit, ihn mit mir durchzugehen?«

»Sehr gern. Kommen Sie, wann Sie möchten.«

In der Tür hauchte sie mir einen Kuss auf die Wange. Kaum streifte sie mich mit den Lippen. »Ich bewundere Sie sehr«, sagte sie leise.

Den ganzen Heimweg über berührte ich immer wieder meine Wange, im Versuch, die sanfte Berührung ihrer Lippen nachzuahmen.

Ich hatte schon alle Worte wohlgeordnet im Kopf und brauchte nicht lange, um meinen Brief an die Zeitungen aufzusetzen. Ivana Stella hätte ich gar nicht noch einmal besuchen müssen. Aber ich wollte, dass sich herumsprach, wie sorgfältig ich meine schwierige Entscheidung getroffen hatte. In Wahrheit jedoch hatte ich Lust, diese Frau wiederzusehen. Sie machte mich neugierig, so sehr, dass ich sie am liebsten heimlich in ihrem Haus beobachtet hätte; vielleicht auch, weil ich mir durch sie leichter vorstellen konnte, wie meine Clara in diesem Alter ausgesehen hätte. Daran dachte ich oft, ich versuchte, die kleinen Fältchen um Augen und Mund vor mir zu sehen, um das Bild ihrer Leiche im Sarg zu vertreiben. Seinerzeit hatte ich mich über den Verwesungsvorgang informiert, um mir jederzeit den Zustand ihres Körpers vorstellen zu können. Enrico hingegen hatte ich nie im verschlossenen Sarg »sehen« können. Mir war ein anderes, deutliches Bild von meinem Sohn geblieben, nämlich das seiner Leiche in der Gerichtsmedizin.

»Ist das ihr Sohn?«

»Ja.«

»Unterschreiben Sie bitte hier. Ich fülle dann den Rest des Identifikationsnachweises aus.«

»Danke.«

Mein Brief war eine Seite voll Mist. Eine Handvoll Wörter im Austausch gegen einen Namen. Ivana Stella aber war gerührt.

»Was für schöne Worte«, sagte sie und tupfte sich mit der Spitze des Mittelfingers eine kleine Träne aus dem Augenwinkel. Der Fingernagel war in elegantem Rot lackiert. Ich nutzte die Gelegenheit, um mir ihre Hände genauer anzusehen, sie wirkten ganz jugendlich. Das Ergebnis teurer Cremes und eines Lebens ohne Handarbeit. Ich schloss die Augen und sog den Duft ihres Parfüms ein. Lang anhaltend und klassisch. Clara wäre nicht so banal gewesen. Während Ivana Stella weiter laut las, stand ich auf, um mir noch etwas zu trinken zu nehmen. Mein Blick glitt über ihr Haar und den Rücken hinab. Der Gummi der Nylonstrumpfhose war über dem Rockbund zu sehen.

»Der Brief ist perfekt«, urteilte die Freundin der Mörder. »Ich kann mir kaum vorstellen, wie schwer es gewesen sein muss, ihn zu schreiben.«

Ich zuckte mit den Schultern. »Ging schon.«

Ich trat zur Tür, wartete, ob sie mich wieder küssen würde. Doch heute nahm sie meine Hand in ihre. »Ich bin wirklich froh, dass ich Sie kennengelernt habe.«

Ich verabredete mich mit Beggiatos Mutter vor einem Tabakladen beim Bahnhof. Hier stand auch ein Briefkasten. Als ich dort eintraf, wartete sie bereits auf mich. Sie sah noch ungepflegter aus als sonst, mit schlecht gekämmtem, ungewaschenem Haar. Ich hatte drei an die Zeitungen adressierte Umschläge in der Hand. Noch waren sie unverschlossen.

»Lesen Sie«, sagte ich leise.

Sie nahm einen und las ihn mehrmals durch, um sicherzugehen, dass ich unsere Abmachung befolgt hatte. Dann gab sie ihn mir zurück.

»Ich sage dir den Namen, und du wirfst die Briefe ein, ja?«

»Ich stehe zu meinem Wort.«

Trotzdem schien sie noch zu schwanken. Sie hinterging ihren Sohn. Ich sagte nichts. Ich wusste, am Ende würde ihre Mutterliebe den Ausschlag geben.

»Siviero. Oreste Siviero. Die Adresse steht im Telefonbuch.«

Ein Allerweltsname, aber ihn zu hören hatte auf mich die Wirkung eines elektrischen Schlages. Mit dumpfem Geräusch fielen die Umschläge in den Briefkasten. Ich begann zu zittern, Claras Schrei erfüllte meine Brust.

Signora Beggiato erschrak. Sie sah mir starr in die Augen und trat ein paar Schritte zurück. Dann drehte sie sich um und rannte davon. Es gelang mir, den Schrei ins verschlungene Labyrinth meiner Seele zurückzudrängen, und ich ging los, wobei ich den Namen vor mich hinmurmelte, so oft und so lange, bis er zu einem Zischeln wurde. Ich fuhr zum Polizeipräsidium, von hundert Fragen gequält. Vor allem eine ließ mich nicht los: Wie hatte er in diesen fünfzehn Jahren gelebt? Ganz gewiss besser als ich, hatte in aller Ruhe und Zufriedenheit seine Beute aus dem Überfall genossen. Ich stellte ihn mir fett vor, mit Schnurrbart und einem zwischen den Lippen hervorblitzenden Goldzahn. Vielleicht hatte er auch alles verpulvert und war jetzt arm und voller Selbstvorwürfe; solche Leute können oft nicht haushalten, geschweige denn sich eine Zukunft aufbauen. Wenn das Geld alle ist, besorgen sie sich eben neues, mit Sturmhaube und Pistole. Ist ja nichts dabei! Wenn die Polizei kommt, nimmst du schnell ein paar Geiseln, und wenn nötig erschießt du sie. Clara, jetzt hab ich ihn. Er ahnt nichts Böses, und auf einmal erscheint Kommissar Valiani. Sind Sie Oreste Siviero? Ja, warum? Folgen Sie uns bitte aufs Präsidium. Darf ich fragen, aus welchem

Grund? Der Grund heißt Clara und Enrico Contin. Es ist Zeit zum Bezahlen.

Ich parkte vor einer Bar, die von den Beamten aus dem nahen Präsidium besucht wurde. Beim Einparken sah ich, wie Valiani mit einigen Kollegen herauskam. Offenbar hatte er gerade etwas Lustiges gesagt, den die anderen lachten laut. Vielleicht hatten sie auch über mich gelacht, wenn ich kam, um nach Neuigkeiten zu fragen. Vielleicht hatten sie mir einen Spitznamen verpasst. Für sie ist die Verbrecherjagd ein Job, mehr nicht. Ein Fall nach dem anderen. Gelöst, ungelöst. Im Grunde tun sie ihr Möglichstes, ohne sich den Luxus des Mitleids zu erlauben. Nur wenn ein Kollege umkommt, das ist dann etwas anderes. Das wurde mir klar, als ich einmal in der Nähe von Grosseto an der Beerdigung eines Inspektors teilnahm, der erschossen worden war, als er bei einer Drogenermittlung eine Wohnung stürmte. Ein südamerikanischer Dealer schoss ihm ins Gesicht und konnte fliehen. Während ich nach der Beerdigung zwischen den Gruppen der Trauergäste herumspazierte, hörte ich, wie die anderen Beamten Rache schworen. Ihre Worte waren hart und grausam wie Geschosse. Ich habe nie erfahren, wie die Sache dann ausging, aber es würde mich wirklich nicht wundern, wenn sie den Dealer getötet hätten, bei einem Schusswechsel oder als er versuchte, eine Straßensperre zu durchbrechen.

Valiani würde mich fragen, woher ich den Namen hatte. Beggiatos Mutter würde ich aber keinesfalls verraten. Der Mörder würde es erfahren und sie dafür hassen. Das hatte die Frau nicht verdient. Ich würde antworten: »Private Ermittlungen.« Das stimmte schließlich auch. Ich hatte so lange nach dem Namen geforscht, bis er herausgekommen war. Hätte ich aufgegeben, wie der Kommissar mir geraten hatte, wäre es nie so weit gekommen. Allerdings war ich Signora Beggiato gegenüber nicht restlos aufrichtig gewesen. Eines hatte ich ihr nicht gesagt: Die Verhaftung des Komplizen dürfte bewirken, dass ihr Sohn viel später entlassen würde, falls überhaupt. Es gab keine Beweise gegen Siviero, die Polizei würde welche suchen müssen und in der Zwischenzeit nicht das Risiko eingehen, seinen Komplizen aus der Haft zu entlassen. Nach der Verhaftung kamen Verhöre, Gegenüberstellungen, Papierkrieg mit Richtern und Anwälten. In Italien mahlen die Mühlen der Gerechtigkeit langsam. Wer weiß, wie Raffaello Beggiato reagierte. Vielleicht würde er seinen Kumpel verteidigen, versuchen, ihm aus der Patsche zu helfen. Aber das würde zu nichts führen, die Ermittlungen würden ihn festnageln.

All das dachte ich und konnte mich nicht dazu entschließen auszusteigen. Valiani war schon seit einigen Minuten wieder im Präsidium, ich aber war in Erinnerungen und Gedanken vertieft, musste entscheiden, was ich mit diesem Namen jetzt anfangen sollte. Ich umklammerte das Lenkrad so fest, dass meine Knöchel weiß hervortraten. So blieb ich noch lange sitzen, bis mir klar wurde, dass ich das Präsidium heute noch nicht betreten würde. Noch war der Moment nicht gekommen, um mit dem Kommissar zu reden.

Siviero, Oreste, Via San Domenico 26. Und gleich in der nächsten Zeile: Siviero, Oreste, Wäscherei »Daniela«, Via Cimabue 115.

Ein in den sechziger Jahren teilweise saniertes Wohnviertel, mit mehrgeschossigen Häusern, wie man sie in jeder Stadt sieht. Jetzt vormittags waren die Straßen voller Anwohner beim Einkaufen. Auch viele Studenten waren unterwegs, die sich die Mietkosten teilten; die Nähe zur Universität hatte viele Vermieter davon überzeugt, dass sich auf diese Weise ein gutes Geschäft machen ließ.

Die Wäscherei befand sich zwischen einer Apotheke und einer Elektrikerwerkstatt. Beide Schaufenster waren mit Postern verziert, auf denen mit Filzstift verschiedene Angebote standen. Eine offensichtlich weibliche Schrift. Ich blickte hinein. Hinter dem Tresen stand eine Frau und bediente einen Kunden. Hinter ihr ein Vorhang. Vielleicht war Siviero gerade hinten. Ich ging weiter und blieb vor dem einen oder anderen Geschäft stehen. Ein Stück weiter befand sich ein afrikanischer Friseur, im selben Laden ein

Lebensmittelgeschäft für Afrikaner. Ich kehrte zurück. Die Frau packte Hosen ein. Wahrscheinlich die Daniela, nach der der Laden benannt war. Sie war hochgewachsen, schmal, mit kantigem Gesicht und schulterlangem blond gefärbtem Haar, fade und unauffällig gekleidet. Sie sah wirklich nicht aus wie die Frau eines Raubmörders. Eine von vielen. Immerhin aber hatte er eine Frau an seiner Seite. Ich fragte mich, was sie wohl wusste. Seit ich sie beobachtete, plauderte sie mit ihrer Kundschaft; ihr lächelndes Gesicht schien keine schrecklichen Geheimnisse zu verbergen. Wahrscheinlich hatte Siviero sich gehütet, ihr etwas zu beichten; manchmal verwandelt die Liebe sich in Hass, und wer weiß, was dann passiert. Manche Wörter sind so schlimm wie lebenslängliches Gefängnis. Aber ich wäre nie darauf gekommen, dass er eine Wäscherei aufmachen könnte. Eines Abends hatte ich im Fernsehen eine Sendung über belgische Söldner gesehen. Viele hatten in der Heimat begonnen, anderen die Wäsche zu waschen. Ein Psychologe hatte erklärt, dass der Wunsch, ihre Hände vom Blut reinzuwaschen, sie dazu antrieb. Für mich war das Blödsinn, auch was Siviero anging.

Ich wanderte weiter in ein benachbartes Viertel jenseits der Bahnlinie, um mir das Haus anzusehen, in dem er lebte. Die Via San Domenico war eine kurze, schmale Verbindungsstraße zwischen der Via Santa Rita de Cascia und der Via San Bernardino. Ein Viertel voller jüngerer Einfamilienhäuser, alle nach derselben Machart gebaut: zweigeschossig, Mansardendach, Garten. Ich parkte vor Haus Nummer 26. Es war verschlossen. Der Rasen war gepflegt, hinten im Garten standen ein Holzschuppen im Alpenstil und ein gemauerter Gartengrill. Sommerliche Abendessen: Steak vom Grill, Hühnchen alla diavola, Würste, kühler Wein, zwei Tote auf dem Gewissen, der Komplize im Zuchthaus. Siviero musste sich ungemein raffiniert vorkommen, aber damit war es jetzt bald vorbei. Ein Paar zierliche Handschellen, dann der Gefängnisfraß. Das Haus hier war das Erste, was nicht so ganz zum Bild des fleißigen Handelstreibenden passte, wie die Wäscherei es vorgaukelte. Es musste so 250 000, 300 000 Euro wert sein. Mir wurde bewusst, dass ich alles über ihn wissen wollte. Und ins Präsidium würde ich so schnell nicht gehen. Ich fühlte mich wie verwandelt, wacher, weniger von meiner Trauer erdrückt. Momentweise geradezu euphorisch.

Mit fast vier Stunden Verspätung kam ich zur Arbeit. Der Optiker vom Laden nebenan fragte, was denn los sei. In all den Jahren hatte ich mich nie verspätet. Sogar ein paar Kunden hatten sich gewundert.

»Papierkram«, antwortete ich, und er nutzte die Gelegenheit, um über die Steuern zu lamentieren und lauthals über den Finanzminister herzuziehen.

Ich fing an zu arbeiten, wenn auch lustlos. Ich wollte zurück zu Siviero. Ihn sehen, ihn verfolgen, sein Leben ausspionieren. Als ein Kunde mich fragte, wann er seine neu zu besohlenden Schuhe abholen könne, sagte ich, er solle nächste Woche wiederkommen. Ich kannte einen Rentner, der früher in der Schuhfabrik gearbeitet hatte und hier im Einkaufszentrum öfter nach kleinen Aufträgen als Handlanger suchte. Er hatte sich schon öfter angeboten, mir zu helfen, aber ich hatte immer abgelehnt. Ich hätte ja nie gewusst, was ich mit Freizeit anfangen sollte.

Ich fand ihn in einer Bar im Obergeschoss. Er plauderte bei einem Glas Prosecco mit der Tochter des Zigarettenhändlers, einem unansehnlichen Mädchen mit breitem Hintern, das von der Schule abgegangen war, um Zigaretten, Bonbons und Feuerzeuge zu verkaufen.

»Ich bin nicht gut im Lernen«, hatte sie mal zu mir gesagt. »Außerdem verdiene ich gut, und die Arbeit ist sicher. Was soll ich da auf der Schule?«

Der Rentner hieß Gastone Vallaresso, ein beweglicher und patenter Mann von fünfundsechzig Jahren.

»Ich kann auch jetzt gleich anfangen«, sagte er begeistert. Ich diskutierte gar nicht erst über seinen Lohn und trank widerwillig das Glas, zu dem er mich unbedingt einladen wollte. Ich konnte es nicht erwarten, hier wegzukommen, erklärte ihm die wenigen Dinge, die er nicht wusste, und ermahnte ihn, immer an den Kassenbon zu denken.

»Wie lange werden Sie mich brauchen?«, fragte er.

»Keine Ahnung. Ein paar Tage, vielleicht eine Woche.«

Ich aß ein Panino im Wagen und ließ den Blick nicht von der Wäscherei. Jedes Mal, wenn die Tür aufging, zuckte ich zusammen, es war unkontrollierbar. Der Atem stockte mir, das Herz raste. Die Unruhe begann mich zu quälen. Bisweilen vernebelte sich mein Blick. Die Dunkelheit des Todes trat über die Grenzen des Geistes. »Clara, Liebes, lass mich in Ruhe«, bat ich, aber ich spürte den Wunsch stärker werden, einfach in die Wäscherei zu gehen und den Schrei loszulassen.

»Es ist alles so dunkel. Ich kann nichts mehr sehen. Ich habe Angst, ich habe Angst, hilf mir, es ist so dunkel!«

Ich flüsterte es leise, so wie manchmal vorm Einschlafen, wenn ich meine Nachttischlampe löschte und die Dunkelheit das Zimmer eroberte.

Die wenigen Männer, die an diesem Nachmittag in das Geschäft gingen, waren alles Kunden. Um Oreste Siviero selbst zu sehen, musste ich bis Feierabend warten. Erst kam die Frau heraus; sie ging zu einem gelben Smart, der fast direkt vorm Laden geparkt war. Dann ein Mann, der sich sogleich umdrehte, um die Ladentür abzuschließen und das Rollgitter herunterzulassen. Im Profil sah ich ihn, als er in einen Geländewagen stieg, der mindestens 40 000 Euro gekostet haben dürfte. Er ließ den Motor an und fuhr seelenruhig los. Ich blieb, wo ich war, legte den Kopf aufs Lenkrad und weinte. »Ich habe ihn gefunden, Clara, ich habe ihn gefunden.«

Als ich in der Via San Domenico eintraf, waren die beiden Wagen schon sicher neben dem Haus geparkt. Die Lichter brannten, und drinnen spielte sich das ganz normale Leben ab, Wörter, Tellerklirren,

Wasserhähne, im Hintergrund der Fernseher. Lebendige Menschen, die einander ansahen, einander berührten. Es war ungerecht, dass Oreste Siviero mein Leben lebte, das Leben, auf das ich ein Anrecht gehabt hätte. Er hatte seines aufgebaut, in dem er meines zerstörte. Dieser Hurensohn, dieser Bastard, dieses Stück Scheiße mit seinem hübschen Haus, dem Rasen und dem Grillplatz war der Einzige, der es zu etwas gebracht hatte. Ich, Beggiato und seine Mutter waren die Verratenen. Ich mehr als alle anderen.

Die Nacht wurde lang. Ich fand keine Ruhe. Immer neue Szenarien liefen vor meinem inneren Auge ab. Triumphale Gerechtigkeitsszenen hinderten mich am Einschlafen, doch am Morgen war ich nicht müde, sondern bereit zum Weitermachen.

Um sieben stand ich schon wieder vor dem Haus. Eine Stunde danach öffnete sich das elektrisch betriebene Gartentor. Erst kam der Smart, dann der Geländewagen. Sie fuhren in verschiedene Richtungen. Natürlich folgte ich ihm, nicht ihr. Er hielt vor einer Bar. Durch die Windschutzscheibe sah ich, wie er verschiedene Leute begrüßte. Das Arschloch hatte beste Laune. Ich stieg aus und ging ohne klare Absicht in das Lokal. Siviero stand an der Theke und rührte in seinem Kaffee.

»Einen Kaffee«, bestellte ich laut. Dann drehte ich mich langsam um und sah ihn an. Auch er drehte sich zu mir, bedachte mich aber nur mit einem zerstreuten Blick, der mich beruhigte. Er hatte mich nicht erkannt. Jetzt trank er. Ich nutzte das, um ihn genauer zu betrachten. Er musste ungefähr in meinem Alter sein, Ende vierzig. Er hatte denselben Körperbau wie Beggiato, aber er wirkte gesund und kräftig. Kein schlechtes Gewissen hinderte ihn daran, sein Äußeres zu pflegen und auf seine Gesundheit zu achten. Sein Gesicht war füllig, die Nase klein und fleischig, die Augen dunkel und entschlossen, das Haar kurz, aber die Koteletten lang und säuberlich ausrasiert. Er trug Markenkleidung, er trug sie lässig. Die Rolex an seinem Handgelenk fiel mir auf, aber anders als die

Gangster im Film trug er keine Ringe und Goldkettchen. Nur einen schmalen Ehering an der linken Hand. Ein ganz normaler Mann. Einer wie alle. Der eine ganz normale Frau hatte. An seinem Leben war nichts Besonderes.

»Ciao, Tosi, wir sehen uns«, verabschiedete er sich leise mit tiefer Stimme.

»Oreste, du musst den Lottoschein noch bezahlen«, sagte die Frau an der Kasse.

Er winkte ihr zu und ging.

Ich schaute in meinen Kaffee, sah dann den Mann hinterm Tresen an. »Einen Brandy bitte.«

Ich folgte einfach meinem Instinkt. Nachzudenken wäre zu mühevoll gewesen. Ich hatte nach fünfzehn Jahren Beggiatos Komplizen gefunden und wusste nichts zu tun, als mich treiben zu lassen. Ich fuhr nach Hause, nahm aus dem Schrank zwei Hosen und eine Jacke, alles perfekt sauber und gebügelt, warf sie auf den Boden und trampelte darauf herum. Dann stopfte ich sie in eine Plastiktüte und fuhr zu Sivieros Wäscherei.

Die Frau bediente gerade andere Kunden und grüßte mich mit einem raschen, unpersönlichen Lächeln. Das kannte ich, ich benutzte es bei »Absatz-Blitz« auch immer. Der Mann war nicht zu sehen, wahrscheinlich bediente er hinter dem Vorhang die Maschinen. Erfolglos versuchte ich, einen Blick auf ihn zu erhaschen. Während des Wartens besah ich mir seine Frau etwas genauer. Der Ausschnitt ihrer Bluse ließ einen eher kleinen Busen erkennen. Ihre Hände waren gepflegt, wenn auch nicht so hell und weich wie die von Ivana Stella. Der Standesunterschied war an kleinen Details erkennbar. Ihr Gesicht verriet eine ländliche Herkunft, wie in unserer Gegend typisch. Auf der Stirn trug sie eine kleine Narbe. Als ich an der Reihe war, bedachte sie mich mit einem weiteren Lächeln. Ich nahm die Kleidungsstücke aus der Tüte und legte sie auf den Tresen. Sie kontrollierte sie und beugte sich vor, um die

Empfangsquittung auszuschreiben. Ich nutzte die Gelegenheit, reckte den Hals und schnupperte nach ihrem Parfüm. Sie duftete würzig und nach Schokolade. Modisch und ein bisschen gewöhnlich.

»Name?«, fragte sie.

Wieder folgte ich meinem Instinkt. »Contin. Silvano Contin«, sagte ich laut und vernehmlich. Sie zeigte keinerlei Reaktion, der Beweis dafür, dass ihr Mann nie etwas erzählt hatte. Aber aus dem Augenwinkel sah ich, wie der Vorhang sich ein klein wenig bewegte. Ich sah hin, und in dem Spalt, den er mit einer Hand aufhielt, begegnete mein Blick dem Sivieros. Rasch schloss sich der Vorhang wieder.

»Übermorgen Nachmittag können Sie alles abholen«, sagte die Frau.

Ich zahlte, steckte die Quittung ins Portemonnaie und ging zu meinem Wagen, der unweit geparkt stand.

Ein paar Minuten darauf kam Siviero aus dem Laden, sah sich um und ging wieder hinein. Nach all den Jahren hatte ihn etwas in seiner Ruhe aufgestört, er wollte sich vergewissern, ob der Mann, dessen Frau und Sohn er umgebracht hatte, wirklich nur aus Zufall seine Wäscherei betreten hatte. Ein paar Stunden zuvor hatte er mich in der Bar gesehen, aber er musste mich nicht wiedererkannt haben. Eins jedoch war sicher: Von jetzt an würde er auf mein Gesicht achten.

Nach rund zwanzig Minuten sah ich, wie er aus dem Geschäft kam und ein Stück weiter in eine Telefonzelle ging. Er sprach kurz, aber sichtlich aufgeregt. Er hatte eine ganz eigene Gestik, fuchtelte mit der starren Hand, als wollte er sich Luft zufächeln.

Den Laden ließ Siviero heute seine Frau abschließen. Ich folgte ihm ohne Schwierigkeiten durch die Stadt. Er parkte in der Nähe der Endhaltestelle einer Buslinie und musste laufen, um den Bus noch zu bekommen. An der dritten Haltestelle stieg er aus und ging zurück, die Stirn gerunzelt, die Hände in den Hosentaschen. Ich fuhr hinter dem Autobus her, der langsam im Verkehr vorankam.

Ein paar Haltestellen später sah ich, dass Signora Beggiato ausstieg. Mit ihr also hatte er sich getroffen. Ich bremste rasch, lief ihr hinterher und packte sie am Arm.

»Warum habt ihr euch getroffen? Was hat er gesagt?«, fragte ich.

Sie fasste sich aufs Herz. »Madonna, haben Sie mich erschreckt.«

Ich wartete, dass sie sich beruhigte, hielt ihren Arm aber fest im Griff. Ich blickte sie freundlich an, damit sie keine Angst hatte, aber die Ärmste war vollkommen geschockt.

»Raffaello hat gesagt, ich soll Kontakt mit Siviero aufnehmen, damit der seinen Reisepass und seinen Anteil der Beute bereit hält, wenn er aus dem Gefängnis kommt. Heute hat er mich angerufen, um mir zu sagen, dass alles fertig ist.«

»Warum erzählen Sie mir das? Wollen Sie nicht, dass Ihr Sohn flieht?«

»Nein! Er soll bei mir bleiben. Ich warte seit fünfzehn Jahren auf ihn.«

»Das ist ein gefährliches Spiel. Halten Sie sich von Siviero fern. Bald taucht die Polizei auf.«

»Du bist es, der hier mit dem Feuer spielt. Was hast du dir bloß dabei gedacht, in die Wäscherei zu gehen?«

Gar nichts hatte ich mir dabei gedacht. Ich hatte es getan und fertig. Ich dachte, vielleicht hatte mich in dem Moment ja Clara geführt. Und schon war ich davon überzeugt, dass es nicht anders sein konnte. Clara wusste, was zu tun war. Irgendwo in mir war klar, dass es jetzt nur eins zu tun gab, nämlich zum Psychiater zu gehen und zu sagen, dass ich ein Problem habe. Doch ich war in der dunklen Unermesslichkeit des Todes gefangen und konnte nichts sehen. Es war dunkel. Alles war dunkel.

Ich ließ Signora Beggiato los; sie beschimpfte mich halblaut im Fortgehen.

Unterdessen hatte ein Verkehrspolizist mit Motorrad bei meinem Wagen gehalten und füllte schon einen Strafzettel aus. »Wissen Sie, wo Sie geparkt haben?«, fragte er mich.

Tatsächlich stand ich halb auf dem Zebrastreifen. »Oh, das hatte ich nicht gesehen. Aber Sie haben recht, ich habe das Protokoll verdient.«

Er blickte mich an, um sich zu vergewissern, dass ich ihn nicht zum Besten halten wollte, aber mein Gesichtsausdruck bewies das Gegenteil. Er riss den Strafzettel vom Block und hielt ihn mir hin.

»Nächstes Mal passen Sie besser auf«, ermahnte er mich.

Zu Hause duschte ich. Dann, im Schlafanzug, ging ich in die Küche, um etwas zu essen. Im Kühlschrank fand ich eine Packung Würstchen und wärmte sie auf. Dazu gab es Cracker und Rotwein. Sie schmeckten merkwürdig. Ich schaute nach dem Verfallsdatum. Es war noch nicht erreicht. Dann las ich das Etikett genauer und stellte fest, dass sie aus Hühnerfleisch waren. Hühnerwürstchen? So was hatte ich noch nie gegessen. Ich dachte, die sind immer aus Schweinefleisch. Den restlichen Abend über konnte ich diese Würstchen einfach nicht vergessen; noch im Einschlafen fragte ich mich, ob sie etwa auch in Deutschland diesen Hühnermist essen.

Ich träumte von Enrico. Ich hielt ihn im Arm. Sein Kopf war der eines Achtjährigen, der Körper aber der eines Neugeborenen. Er wollte nicht, dass ich ihn im Arm wiegte. Wir blieben reglos, bis er die Augen schloss und einschlief.

Am nächsten Morgen erwartete ich Siviero in der Bar und blätterte dabei in den Tageszeitungen. Alle drei hatten eine Meldung zu meinem Brief auf der Titelseite. Die Kommentare fielen sehr verschieden aus. Presotto behauptete in seinem Artikel, er wisse den hohen menschlichen Wert meiner Worte zu schätzen, doch forderte er abermals, Gericht und Minister dürften Beggiatos Strafe nicht mildern. Streng nach dem Buchstaben des Gesetzes. In dem eher linksliberalen Blatt fragte ein Experte, wie man einem Angehörigen der Opfer eine so entscheidende Rolle zukommen lassen könne, was doch eher zu den Ritualen einer Stammesgesellschaft passe als zu einem Rechtsstaat. Die örtliche Beilage der überregionalen Zeitung fasste die Ereignisse nur zusammen und brachte große Fotos der Beteiligten. Der Lebenden wie der Toten. Sie umrahmten meinen in kursiven Lettern abgedruckten Brief.

Sehr geehrter Herr Chefredakteur,
ich erbitte die Gastfreundschaft Ihrer Zeitung, um ein für alle Mal meine Einstellung zu dem Gnadengesuch und dem später gestellten Antrag auf Haftverschonung aus Krankheitsgründen zu erläutern, die der zu lebenslänglicher Haft verurteilte Raffaello Beggiato gestellt hat. Dieser und ein bis heute unbekannter Komplize nahmen bei einem Raubüberfall meine Frau und meinen achtjährigen Sohn als Geiseln und brachten beide um. Wegen dieser Verbrechen wurde er zur schwersten hierzulande vom Gesetz vorgesehenen Strafe verurteilt. Jetzt, fünfzehn Jahre später, hat Beggiato, der lebensbedrohlich erkrankt ist, mich um Verzeihung gebeten. Nach einer Begegnung im Zuchthaus habe ich beschlossen, sie ihm nicht zu gewähren, aus ausschließlich persönlichen Gründen, die ich nicht zu erörtern gedenke. Bezüglich des Antrags auf Haftverschonung hingegen halte ich es nach langem und schmerzlichem Nachdenken für angemessen, durch diesen Brief meine Unterstützung öffentlich zu machen. Auch wenn meine Haltung für die Entscheidung des Gerichts ohne Relevanz ist, halte ich es für richtig, sie zu äußern. Raffaello Beggiato ist schwerkrank, ohne Hoffnung auf Heilung, und sein Tod wird mir keinerlei Trost spenden. Die Trauer um meine Clara und meinen kleinen Enrico wird unverändert groß bleiben. Doch das sollte mich nicht davon abhalten, mein Gewissen einem Akt der Menschlichkeit zu öffnen. Beggiato im Zuchthaus sterben zu lassen, wäre unnötig grausam, und daher hoffe ich, dass es nicht geschieht, denn das wäre Rache, nicht Gerechtigkeit. Außerdem hebt eine Haftverschonung die Strafe nicht auf, Beggiato würde de facto ein zu lebenslänglicher Haft Verurteilter bleiben. Ich hoffe, dass Beggiato, wenn ihm die Haftverschonung denn zugestanden wird, die Freiheit nicht nur nutzt, um seine Krankheit behandeln zu lassen, sondern auch, um in Erwartung seines himmlischen Richters die schrecklichen Verbrechen zu überdenken, die er begangen hat.

Ich meinerseits möchte nur eins, nämlich in meiner Trauer nicht behelligt werden, die ich mit niemandem zu teilen gedenke und die ich schon gar nicht öffentlich zur Schau stellen werde. Wir Angehörigen unschuldiger Opfer haben ein Recht darauf, dass unsere Intimsphäre unversehrt bleibt.

Silvano Contin

Ivana Stella hatte recht gehabt, mein Brief war perfekt. Ich stand gut da und hielt mir außerdem die Journalisten vom Leib. Und er hatte mir den Zugang zu Siviero verschafft. Einige Minuten später sah ich durchs Fenster, dass er kam.

Als er die Ellbogen auf den Tresen stützte, um auf seinen Espresso zu warten, tauchte ich plötzlich neben ihm auf.

»Einen Espresso, danke.«

Beim Klang meiner Stimme drehte er sich um, und unsere Blicke begegneten sich abermals. Er wurde blass, schien innerlich zu schwanken, ob er fliehen oder so tun sollte, als ob nichts wäre. Spätestens jetzt musste ihm klar sein, dass ich nicht zufällig hier war.

»Erinnern Sie sich an mich?«, fragte ich. »Gestern habe ich ein paar Teile bei Ihnen in die Reinigung gebracht.«

Siviero antwortete nicht, er brachte lediglich ein Geräusch hervor, das einem Ja gleichen mochte. Er stürzte seinen Kaffee hinunter, ohne ihn zu süßen, und ging rasch zur Kasse. In der Tür drehte er sich nach mir um. Ich winkte ihm zu.

Ich war enttäuscht. Siviero war derart normal, dass das Entsetzen ihn lähmte. Bewaffnet und mit der Sturmhaube maskiert, da konnte er rauben und morden, aber ansonsten war er ein Allerweltsmensch. Offensichtlich hatte ich eine enorme Wirkung auf ihn. Bei meinem Anblick musste er an Fürchterliches denken, an Polizei, Zuchthaus, »lebenslänglich« ... Ich war sicher, er würde alles nur Erdenkliche tun, um der Katastrophe aus dem Weg zu gehen. Ja, das würde er. Und ich hatte die Möglichkeit, ihn, bevor ich ihn ins Gefängnis brachte, zu lehren, wie Schmerz, Angst und Entsetzen sich anfühlen. Alles andere würde er dann schon begreifen.

RAFFAELLO

Verdammte Scheiße, ich kann's nicht glauben. Als der Typ, der die Einkäufe macht, mit den Zeitungen kam, sagte er: »Sie drucken alle einen Brief von Contin, in dem er sich für dich ausspricht.« Ich dachte, der will mich verarschen, und plante schon, ihm in der Dusche das Gesicht zu zerschneiden, um ihm die Lust zu solchen Scherzen auszutreiben. Aber es stimmte. Verfluchte Scheiße, dieser Spinner von Contin hat ein 1-A-Briefchen geschrieben. Jetzt dürfte mir die Haftverschonung sicher sein. Die Brasilianerinnen können schon mal die Beine breit machen. Hier kommt Raffaellos Ständer. Scheiße, Scheiße, mir geht's schon gleich besser, wenn das so läuft, dann ficke ich auch noch den Krebs. Ein schöner Tag, obwohl es Freitag ist. Fischtag, den üblichen Kabeljau, gekocht, mit gekochten Kartoffeln, so klein wie die Eier von den Wachen. Morgen ist zum Glück Samstag. Dann kommt auch meine Mutter, sicher mit guten Nachrichten von wegen dem Pass und dem Geld. Ja wirklich, ich fühle mich schon besser. Richtig »lebendig«. Die Freiheit, ich darf gar nicht dran denken. Wie oft hab ich davon geträumt, und jetzt ist sie zum Greifen nah. Hauptsache, der Rechtsverdreher legt sich ordentlich ins Zeug und der Wichser von Richter setzt die Anhörung an. Den Papierkram haben sie schon vorliegen. Krebs, Krebs, Krebs. Da können sie sich gar keine Gemeinheiten ausdenken. Und jetzt haben sie auch noch Contins Unterstützung. Und das zählt, das zählt verdammt viel. Ich hätte geschworen, er will, dass ich im Knast verrecke, stattdessen schreibt er: »Beggiato im Zuchthaus sterben zu lassen wäre unnötig grausam.« Schöne Worte, muss man feiern. Da ich bald freikomme, kann ich schon mal prassen. Zwei Stangen Marlboro für eine nette Dosis H. Drück ich mir in die Ader, das sorgt für einen schönen Nachmittag. Im Fernsehen kommt sowieso nichts Interessantes. Der Typ, den sie wegen Korruption drangekriegt haben, hat mir erzählt, freitags gehen die Leute bummeln, darum geben die Sender kein Geld für interessante Sendungen aus. Wie dem auch sei, das geht mir jetzt am Arsch vorbei. Ich kann anfangen, die Tage zu zählen, die mich von der Freiheit trennen. Heute beim Hofgang fang ich schon mal an, meine Sachen zu verteilen, damit die anderen sich nicht gegenseitig massakrieren oder am Ende irgendein Arschloch sich meinen Morgenmantel unter den Nagel reißt. Und wenn wieder eine Blutuntersuchung kommt und sie entdecken die Spuren vom H? Scheiß doch drauf. Kann ich immer noch sagen, dass das zu therapeutischen Zwecken war. Gute Idee. Kriegst ja richtig gute Laune, Raffaello, weiter so. Obwohl ich den Contin echt nicht begreife. Weiß der Geier, was der sich denkt …

SILVANO

Ein Wort schoss mir durch den Kopf wie ein Blitz: Erpressung. Ich dachte, das hat mir Clara eingegeben. Ich schlug die genaue Bedeutung sogar in dem alten Lexikon nach, das ich auf dem Gymnasium benutzt hatte:

ERPRESSUNG: Delikt, das begeht, wer, um sich oder einen Dritten zu bereichern, einen anderen rechtswidrig mit Gewalt oder durch Drohung zu einer Handlung, Duldung oder Unterlassung nötigt. Beisp.: Erpressung durch Androhung schwerwiegender Enthüllungen.

Genau das stand Siviero jetzt bevor. Erpressung sollte meine Waffe der Gerechtigkeit sein. Stück für Stück wollte ich ihm das Leben entreißen, das er mir geraubt hatte. Und im Gefängnis würde er natürlich ohnehin landen.

Ich hatte noch nie jemanden erpresst, aber ich hatte nicht das Gefühl, als würde ich einen Plan benötigen. Eins ergibt das andere, wie Clara immer gesagt hatte.

»Ihre Sachen sind noch nicht fertig«, sagte die Frau hinterm Tresen in der Wäscherei.

»Ich möchte mit Ihrem Mann sprechen.«

Sie schob den Vorhang beiseite. »Oreste, ein Kunde möchte dich sprechen.«

Er hörte Siviero fragen, um wen es sich handelte. Sie drehte sich zu mir um.

»Silvano Contin«, sagte ich extra laut. »Ihr Mann kennt mich gut.«

Da kam er schon aus dem Hinterraum. Er trug einen blauen Kittel, um seine Markenkleidung zu schonen.

»Was wollen Sie?«, fragte er schroff.

»Ein bisschen mit Ihnen plaudern.«

Er zog den Kittel aus und ging zur Tür.

»Was ist los, Oreste?«, fragte seine Frau besorgt.

»Alles in Ordnung, Daniela, ich komme gleich zurück.«

Rund zwanzig Meter ging er mir auf dem Bürgersteig voraus, dann drehte er sich jäh um. »Also, was wollen Sie?«

»Es hat fünfzehn Jahre gedauert, aber jetzt habe ich dich aufgetrieben.«

»Wovon reden Sie?«

»Das weißt du genau. Ein Raubüberfall, zwei Tote, ein Lebenslänglicher und ein Komplize, der schon viel zu lange frei herumläuft.«

»Ich verstehe nicht. Wenn Sie meinen, ich hätte etwas verbrochen, was gehen Sie dann nicht zur Polizei? Doch wohl, weil es nur ein Verdacht ist und Sie nicht den kleinsten Beweis haben.«

Siviero war hartgesotten, er sondierte das Terrain. »Ich dachte, wir haben vielleicht ein bisschen Verhandlungsspielraum«, entgegnete ich. »Aber wenn du mir so kommst, gehe ich gleich zu Valiani. Ich fürchte, dann kannst du Beggiato weder den Pass noch das Geld geben. Da wird er aber enttäuscht sein.«

Er blieb ungerührt wie ein Fels, doch ein kleines Zucken der Unterlippe verriet mir, dass ich ihn jetzt in der Hand hatte.

»Was meinen Sie mit Verhandlungen?«, fragte er vorsichtig.

»Du bist der Verbrecher, du kennst dich da besser aus als ich.«

»Wir sollten in Ruhe darüber reden.«

»Da hast du recht. Du könntest mich zum Beispiel für morgen Abend zu dir nach Hause zum Essen einladen.«

»Meine Frau weiß nichts.«

»Das ist dein Problem.«

»Wir sollten die Dinge nicht unnötig kompliziert machen, das lässt sich doch sicher unter uns regeln.«

»Mir fällt irgendwie nichts Komplizierteres ein als ›lebenslänglich‹. Und dir?«

Er schüttelte resigniert den Kopf. »Also dann, morgen Abend um acht«, sagte ich. »Und komm bloß nicht auf dumme Gedanken. Es würde dir nichts nutzen, mich aus dem Weg zu schaffen, du verstehst schon.«

Am nächsten Morgen bezog ich vor Sivieros Haus Stellung, um zu prüfen, ob er nicht geflohen war. Über Nacht war ich mir dessen ganz sicher gewesen. Er hatte einen Pass und genügend Geld, das seines Komplizen. Kriminelle dieses Kalibers sind es gewohnt unterzutauchen. Aber nein, beide kamen aus dem Haus wie jeden Morgen. Ich folgte dem Geländewagen bis zur Bar, dann zur Wäscherei. Dort wartete ich zehn Minuten, dann ging ich hinein. Wie immer stand die Frau hinterm Tresen. Ihre Augen waren rot und geschwollen.

»Oreste!«, schrie sie entsetzt, als sie mich sah. Zum Glück waren so früh noch keine Kunden da.

Ihr Mann kam sofort. Ich lächelte beiden zu. »Ich komme meine Sachen holen.« Siviero ging nach hinten, sie suchte mit fliegenden Händen nach meinen Kleidungsstücken. Ich nahm eine von meinen Hosen und tat so, als ob ich sie genau untersuchte. »Die Bügelfalte ist nicht korrekt«, sagte ich. »Ich denke, Sie sollten die Hose noch einmal bügeln.«

Die Frau schlug die Hände vors Gesicht und fing an zu schluchzen.

»Bis heute Abend dann«, sagte ich und öffnete die Tür.

Um Punkt acht Uhr klingelte ich an ihrem Haus in der Via San Domenico. Auf dem Klingelschild stand »Siviero – Borsatto«. Er öffnete mir selbst, sagte nichts, forderte mich mit einem Nicken auf, ihm zu folgen. Ich betrat ein geräumiges, kostspielig, aber geschmacklos eingerichtetes Wohnzimmer. Überm Kamin ein

Ölgemälde, das Porträt seiner Frau im Hochzeitskleid, fast wie eine kleine Gräfin aus einem berühmten Adelsgeschlecht. An der Wand gegenüber ein riesiger Fernseher der allerjüngsten Generation. Eine Tür ging in die Küche. Die Frau erschien. Sie trug einen Jogginganzug und Pantoffeln aus dem Kaufhaus.

»Du wirst doch in diesem Aufzug keine Gäste empfangen wollen«, tadelte ich sie. »Marsch ab und zieh dich ordentlich an.«

Sie rannte die Treppe hinauf, als hätte ich ihr mit der Peitsche gedroht. Siviero ließ sich in einen Sessel fallen. Er steckte sich eine Zigarette an.

»Ich dachte, du bist Nichtraucher.«

»Ich habe gestern Abend wieder angefangen.«

»Hübsches Häuschen, muss man schon sagen.«

»Ich kann Ihnen 250 000 Euro geben. Die Hälfte von Beggiatos Anteil.«

»Wie denn das? Der Juwelier damals hat nicht so viel angegeben.«

»Viele Schmuckstücke waren nicht registriert. Der Laden war auch ein illegales Pfandleihhaus.«

»Und du denkst, Beggiato ist bereit, mit mir zu teilen?«

»Er wird es müssen.«

»Du willst mein Schweigen mit einem Teil vom Geld deines Kumpels erkaufen? Und selbst zahlst du keinen müden Heller? So läuft das nicht. Aber mir scheint es verfrüht, jetzt über Geld zu reden.«

Er verzog entmutigt den Mund. »Das hatte ich mir gedacht. Ihnen geht es nicht nur ums Geld, oder?«

»Nein.«

»Worum dann?«

»Du machst dir seit fünfzehn Jahren einen schönen Lenz, jetzt bin ich mal an der Reihe, findest du nicht?«

»Wichtig ist, dass wir schnell eine klare und endgültige Absprache treffen.«

»Schnell? Ich habe keine Eile, wirklich nicht.«

Ich hörte das Klappern hoher Absätze auf der Treppe. Daniela hatte sich angezogen, frisiert und leicht geschminkt, mit zitternder Hand. Sie trug ein graues, ärmelloses Kleid, kurz genug, um ihre dünnen, geraden, in schwarzen Strümpfen steckenden Beine zur Geltung zu bringen. Ihre hochhackigen Schuhe waren ebenfalls schwarz.

»Schon besser«, sagte ich. »Jetzt wäre mir nach einem Aperitif.«

Sie verschwand in der Küche, heilfroh, dass sie wegkam. Kurz darauf kam sie wieder, in der Hand ein Tablett mit drei Gläsern, einer Flasche Prosecco und Salzgebäck. Ich schmeckte nichts außer den Bläschen.

Die Frau setzte sich neben ihren Mann.

»Was hat er dir erzählt?«, fragte ich.

»Alles«, antwortete er.

»Er ist jetzt ein anderer als damals«, sagte sie mit von Aufregung brüchiger Stimme. Sie schaffte es kaum, deutlich zu sprechen, war aber entschlossen zu sagen, was sie zu sagen hatte. »Seit damals hat er nichts Böses mehr getan. Er ist immer anständig geblieben. Nehmen Sie das Geld, nehmen Sie alles, was Sie wollen, aber lassen Sie uns in Frieden.«

»Du stehst also tatsächlich auf seiner Seite. Du verteidigst ihn, obwohl er eine Frau und einen achtjährigen Jungen erschossen hat.«

»Er hat nicht geschossen. Das war der andere.«

»Ach ja? Beggiato behauptet das Gegenteil. Aber das ändert nichts daran, dass dein Oreste ›lebenslänglich‹ bekommt, und du wirst auf der ersten Seite von allen Zeitungen stehen. ›Die Frau des Mörders‹. Willst du das?«

»Nein.«

»Also, dann hältst du ab jetzt den Mund. Ich habe keine Lust, mir deinen Quatsch länger anzuhören. Ab in die Küche. Ich habe mit deinem Mann zu reden.«

Ich berauschte mich an der Macht, die ich über die beiden hatte. Meine Fantasie war grenzenlos, kaum fiel mir etwas ein, womit ich sie quälen konnte, schon fand ich, ich könne noch weiter gehen.

Aber damit Siviero mitspielte, musste ich ihn glauben machen, dass ich vorhatte zu verhandeln.

»Das Geld will ich ganz. Du sagst mir, wann und wo du es Beggiato geben willst, und ich komme dann dazu. Bis dahin kann ich dieses Haus und deine Frau benutzen, wie und wann ich will.«

Siviero sprang auf und ballte die Fäuste, als wollte er gleich zuschlagen. »Das kannst du nicht verlangen.«

Ich schlug mit der Hand auf den Tisch. »Erlaub dir ja nicht, mich zu duzen, verstanden!«

»Passen Sie auf, dass Sie nicht zu weit gehen, sonst platzt alles!«

»All diese Jahre ficke ich einmal pro Monat die Nutte Giorgia Valente, Beggiatos Ex, ich denke, du wirst sie kennen. Eine Fünfzig-Euro-Schlampe, fett und hässlich. Deine Frau ist zwar nichts Besonderes, aber besser als das ist sie allemal. Natürlich ist sie nicht so schön wie meine Clara, aber wenn du sie nicht umgebracht hättest, müsste ich jetzt nicht mit deiner Daniela ins Bett.«

»Die Antwort ist nein. Eher gehe ich ins Gefängnis.«

»Ruf sie her. Mal sehen, was sie dazu sagt.«

Die Frau kam aus der Küche. »Nicht nötig. Ich habe alles gehört. Ich werde mit Ihnen ins Bett gehen, Signor Contin. Wichtig ist nur, dass diese Sache bald aufhört.«

Siviero nahm sie fest in die Arme. »Du musst das nicht tun.«

Sie befreite sich mit einer wütenden Bewegung aus der Umarmung. »Sei ruhig, Oreste. Sag lieber nichts, es ist alles deine Schuld.«

»Entschuldigt, dass ich nicht zum Abendessen bleibe«, sagte ich seelenruhig. »Aber ich habe den Eindruck, ihr habt Verschiedenes miteinander zu klären. Ich komme dann morgen früh gegen zehn.«

Siviero brachte mich zu Tür. Sein Blick, als er die Tür schloss, gefiel mir absolut nicht. Unverhohlener Hass. Ich musste auf der Hut sein. Ich konnte mir vorstellen, was für Gedanken ihn umtrieben. Sie lagen auf dem Rücken wie umgedrehte Kakerlaken, sie strampelten, kamen aber nicht auf die Beine. Fieberhaft überlegte

Siviero, wie er einen Ausweg finden konnte. Aber es gab keinen. Entweder er gab der Erpressung nach, oder aber er brachte mich um. Beides war keine Lösung, beide Male würde er nicht ungeschoren davonkommen. Der Gedanke, dass er mich aus dem Weg schaffen könnte, machte mir keine Angst; das ist eines der Risiken desjenigen, der für die Gerechtigkeit kämpft. Und das tat ich, mit dem vollen Recht des Opfers.

Ein erstes Ergebnis hatte ich bereits erreicht. Die Beziehung zwischen Mann und Frau würde nie wieder dieselbe sein. Siviero hatte sie auf einer Lüge aufgebaut, und Daniela musste nicht nur erkennen, dass sie mit einem Doppelmörder lebte, sondern war gezwungen, selbst einen Teil der Rechnung zu begleichen, um ihn zu retten. Immerhin hatte sie beschlossen, ihm zur Seite zu stehen. Trotz der Tatsache, dass der Mann, den sie geheiratet hatte, der Mörder eines Kindes und von dessen Mutter war. Und sie war bereit, für einen vollkommen Unbekannten die Beine breit zu machen, damit ihrem Mann das Gefängnis erspart blieb. Bitte schön, ihr Pech.

Bevor ich am nächsten Morgen zu Sivieros Haus fuhr, schaute ich noch in der Wäscherei vorbei. Das Geschäft war geöffnet, er bediente seine Kunden.

Ich parkte gegenüber der Einfahrt. Der Smart seiner Frau stand im Garten.

Daniela war gekleidet wie am Abend zuvor. Sie führte mich ins Wohnzimmer, ohne mich anzusehen.

»Mach mir einen Kaffee.«

Ich folgte ihr in die Küche und setzte mich an den Tisch. »Warum habt ihre keine Kinder?«

»Wir haben es versucht, aber es sind keine gekommen.«

»Wie hast du ihn kennengelernt?«

»Ich habe Maniküre in dem Friseursalon gemacht, in den Oreste immer ging.«

»Hast du gewusst, dass er ein Raubmörder ist?«

»Ich hatte Gerüchte gehört.«

»Aha, also hast du es gewusst. Und du hast ihn trotzdem geheiratet?«

»Ich habe ihn geliebt, und ich liebe ihn auch jetzt noch.«

»Obwohl er dich zur Nutte macht, damit er nicht ins Gefängnis muss.«

»Das ist nicht so schlimm. Ich hab früher hinten im Laden ein paar Kunden einen geblasen, um die Einnahmen etwas aufzubessern, und außerdem tue ich es nicht nur für ihn«, entgegenete sie. »Ich bin dreiundvierzig Jahre alt, ich könnte mein Leben nicht weiterleben, wenn er ins Gefängnis müsste. Ich würde alles verlieren, Haus, Geschäft, Ansehen. Mit Ihnen ins Bett zu gehen ist das kleinere Übel.«

»Macht es dir nichts aus zu erfahren, dass dein Mann einen achtjährigen Jungen und seine Mutter umgebracht hat?«

Sie zuckte mit den Schultern. »Oreste sagt, er war es nicht. Er sagt, Beggiato ist durchgedreht und hat einfach losgeschossen, ohne Grund. Ich glaube ihm«, sagte sie, während sie den Kaffee ins Tässchen goss. »Außerdem ist es so lange her. Ich habe Ihnen ja schon gesagt, er hat sich geändert. Ein Kleinkrimineller, der in eine Sache geraten ist, die ihm über den Kopf wuchs, aber diese Erfahrung hat ihn verändert. Es tut ihm leid.«

Ich spürte, wie mir die Wut vom Bauch bis ins Hirn stieg. Es begann mir vor den Augen zu flirren, ich befürchtete, ohnmächtig zu werden. Diese Frau war wirklich unerträglich. Was für eine Idiotin. »Es tut ihm leid? Ich habe bis jetzt noch kein Wörtchen des Mitleids von ihm gehört.«

Die Wut verwandelte sich in kalte Lust, ihr wehzutun. Ich goss den Kaffee mit einem Schluck herunter. »Hopp, ins Schlafzimmer mit dir.«

Daniela ging aus der Küche und die Treppe hoch. Das Schlafzimmer befand sich am Ende des Flurs. Das Bett war schon gemacht. Ich riss die Tagesdecke herunter. Die Betttücher waren frisch aus der Wäsche. Sie stand da, die Arme starr am Körper. Ich schob sie beiseite und ging zur Kommode, zog die Schubladen auf, bis ich zu der mit ihrer Wäsche kam. Slips, BHs, Strumpfhosen, ich schleuderte alles auf den Boden, bis ich ein durchsichtiges, perlgraues Negligé und Nylonstrümpfe in derselben Farbe fand. Ich warf ihr beides ins Gesicht. »Zieh das hier an.«

Während Sivieros Frau sich auszog, machte ich den Wandschrank auf, zerrte alles heraus und trampelte auf den Kleidungsstücken herum. Als ich fertig war, stand sie neben dem Bett in Negligé und Strümpfen. Sie hatte Angst. Ich zwang sie, sich auf allen vieren aufs Bett zu knien. Dann knöpfte ich mir die Hose auf und sodomisierte sie. Anfangs versuchte sie noch, sich wegzudrehen, aber als ich sie anschrie, sie solle das lassen, sonst würde ich die Polizei holen, ließ sie alles reglos über sich ergehen. Als ich kam, grunzte ich unbefriedigt. Viel zu schnell. Die Sau hatte nicht so viel gelitten, wie sie verdient hatte.

Ich ging nach unten und schleuderte einen Stuhl in den Fernseher. Dann demolierte ich alles, was mir unter die Finger kam. Am Schluss auch das Ölbild überm Kamin. Ich nahm es ab und sprang darauf herum. Dann ging ich.

Ich war enttäuscht. Sivieros Frau beugte sich der Erpressung, aber sie kämpfte darum, ihre Würde zu behalten. Ich hatte sie rücksichtslos in den Arsch gefickt, aber für sie war es nur ein Preis gewesen, den es zu zahlen galt, um den Schaden zu begrenzen. Nichts, was an die Zerstörung meines Lebens heranreichte, an die Trauer und die Ängste, die ich in den vergangenen fünfzehn Jahren durchlitten hatte. Für sie war die Bluttat ihres Mannes nur ein Problem, das gelöst werden musste. Danach würde das Leben weitergehen, wenn auch anders als früher. Genau darin bestand der Unterschied zwischen ihnen und mir. Mein Leben war auf ewig in die dunkle Unermesslichkeit des Todes gesperrt. Meine Gegenwart, meine Zukunft, all das war nur Zeit, die ich in einem Wartezimmer verbrachte, in Erwartung des Endes, denn mir war nichts sonst geblieben. Für sie hingegen gab es noch Licht und Hoffnung. Auch Siviero, wenn er dann im Gefängnis sein würde, würde bis ganz zum Schluss hoffen, dass ihm die lebenslängliche Strafe erspart bliebe. Und falls es schiefgehen sollte, gab es ja immer noch die Berufung und das Kassationsgericht. Nur ich würde immer tief in der Dunkelheit leben müssen.

Ich schloss mich zu Hause ein, um nachzudenken. Den Weinkarton, ein Glas und die Fotos von Enrico und Clara auf dem Obduktionstisch.

So vergingen viele Stunden. Als ich sicher war, dass ich die einzig denkbare Entscheidung getroffen hatte, war es schon dunkel. Ich machte kein Licht. Der Schrei schwoll in meiner Brust, und ich fürchtete, das Licht könnte ihn entfesseln.

RAFFAELLO

Alles läuft nach Plan. Die Mutter sagt, dass mein Kumpel den Pass und das Geld schon bereithat, und mein Anwalt hat mir mitgeteilt, dass für übermorgen der Haftprüfungstermin angesetzt ist. Er hat mir alle möglichen Verhaltensmaßregeln gegeben. »Sag nichts, sprich nur, wenn du gefragt wirst, denk nach, bevor du den Mund aufmachst, schau die Richter nicht an, schlage immer die Augen nieder, du musst aussehen, als ob du schwerkrank wärst.« Da hab ich ihn angeschaut, als wäre er blöde, und gesagt, dass ich schwerkrank *bin*. Da hat er gesagt, das muss ich aber auch den Richtern zeigen. Den Richtern … Es gibt an dem Gerichtshof nur einen Richter, sonst nur noch den Staatsanwalt, und die anderen sind Seelenklempner und Sozialarbeiter. Die glotzen dich an wie eine Jahrmarktsfigur, nur um zu zeigen, dass sie ihr Gehalt wert sind. Die kenne ich nur zu gut. Diese Ärsche von Experten mit ihren Scheißgesprächsangeboten stehen mir bis hier. Angeblich wollen sie dich »resozialisieren«, aber in Wirklichkeit sind das alles nur Handlanger des Richters. Sie kommen an, den Kopf voll mit dem Mist, den sie aus den Büchern gelernt haben, mit dem aufrichtigen Wunsch, dir zu helfen, dass du dich wieder in die Gesellschaft eingliedern kannst, und dann, wenn sie feststellen, dass das Leben im Gefängnis nur aus Lügen besteht und dass sämtliche Insassen, unterschiedslos, lügen, um zu überleben, dann ändern sie sich. Erst machen sie einen auf enttäuscht, von wegen sie haben an dich geglaubt und das war ein Irrtum, dann scheißen sie drauf. Die Frauen lassen sich schwängern, um möglichst wenig mit dem Abschaum im Knast zu tun zu bekommen, die Männer beantragen Versetzung, um näher bei dem Kaff zu arbeiten, wo sie wohnen.

Auf ihrer Stirn steht »Scheißegal«. Die Damen und Herren Experten beim Haftprüfungstermin hingegen tun so, als wären sie wirklich und wahrhaftig Experten. Sie spielen sich auf wie die Professoren, aber in Wahrheit haben sie nicht den Schimmer einer Ahnung. Ein Job bei Gericht ist eine lockere Sache. Die meisten von denen haben nie einen Fuß in ein Gefängnis gesetzt. Verdammte Scheiße, wenn ich darüber nachdenke, kriege ich so eine Scheißwut. Sie stecken dich in dieses Loch, wo diejenigen, die den Laden am Laufen halten müssten, die ganze Zeit klauen. Einmal hat mir ein Buchhalter, der seine Schwiegermutter erschlagen hatte und in der Gefängnisverwaltung aushalf, Unterlagen gezeigt, aus denen hervorging, dass täglich mindestens ein Fernsehgerät »defekt« war und auch jede Menge Glühbirnen und Ähnliches. Alles war zu Hause bei den Wachen gelandet. Und dann das Fleisch. Die besseren Stücke kriegen wir doch nie zu sehen. Dabei ist vom Ministerium sowieso schon per Rundschreiben festgelegt, dass für uns nur zweite Wahl eingekauft wird. Das reinste organisierte Verbrechen, alles im Schutz der Uniform oder des Dienstausweises vom Ministerium. Und dann behandeln die dich im Untersuchungsgericht, als kämst du aus einem Vorzeigegefängnis. Dabei wissen sie genau, wie der Hase läuft, aber sie pfeifen drauf. Ihr Gehalt ist sicher, und je mehr Gefangene es gibt, desto mehr Anhörungen müssen sie machen. Die Überstunden machen sie gern. Ich hab schon zwei Termine gehabt zur Prüfung einer vorzeitigen Entlassung. Bei guter Führung ziehen sie dir jedes Jahr zwei Monate von der Strafe ab. Auch uns Lebenslänglichen. Das nutzt dir zwar vielleicht erst in dreißig Jahren, wenn sie dir Freigang zugestehen, aber immerhin, es nutzt. Mir haben sie das nicht gegönnt, von wegen es sei »verfrüht«, aber an die Blicke der Experten erinnere ich mich genau. Ich hätte ihnen in die Fresse treten mögen, bis sie um Gnade winseln. Aber gut, übermorgen bin ich lieb und schicke sie nicht zum Teufel. Das Einzige, was zählt, ist, dass sie mich rauslassen und ich nach Brasilien kann. Ich will so sterben, wie ich das will, weit weg von all diesen Arschlöchern. Ich hab schon erlebt, wie welche im Knast gestorben sind. Einer aus Venedig, zwanzig Jahre für eine Fuhre Koks, Herzinfarkt. Er hatte schon gesagt, dass es ihm schlecht ging, aber bis erst mal der Wichser von Sani kam und dann der Wichser von Arzt, damit er ins Krankenhaus gebracht wurde, war der Kerl schon mausetot. Die Wächter haben sich einen Spaß daraus gemacht, ihm Tritte zu verpassen, ihr Gelächter war im ganzen Haus zu hören. Wir anderen waren still. Eine Stecknadel hätte man zu Boden fallen gehört. Im Knast sterben, das ist das Schlimmste, was dir passieren kann, hier spucken sie noch auf deine Leiche. Nicht das geringste Mitleid. Besser, du krepierst zwischen den Beinen einer Nutte oder voll Koks oder H. Die Bastarde, die Dreckstücke. Ho, alter Junge, reg dich nicht so auf. Vergiss nicht, in ein paar Tagen öffnen sich dir die Türen des Kerkers. Erst in ein paar Tagen, selbst wenn das hochwohlgeborene Gericht die sofortige Haftverschonung verfügt. Nein, mein Herr. Es braucht immer ein paar Tage, die Arbeitsüberlastung ist zu groß.

Ich weiß gar nicht, was ich heut habe. So was von Wut im Leib! Stimmt schon, in ein paar Tagen bin ich raus, aber ich halte es nicht mehr aus, all die Verkommenheit hier drin und die Lust, diesen Arschlöchern eins zu verpassen. Eine doppelte Strafe. Der Knast, das sind nicht nur die Jahre. Sondern all das, was du erleiden musst, wovon nichts im Urteil steht. Damals hätte ich mich nicht festnehmen lassen sollen. Vielleicht hätte ich noch einen oder zwei abknallen können, bevor ihre 9-mm-Kugeln mich durchsieben, dann wäre ich bei den anderen als harter Kerl in Erinnerung geblieben. Stattdessen erschieße ich eine Frau und ein Kind und bin für alle das Arschloch, das den Kopf verloren hat. An eins muss ich denken, nämlich dass ich nach meinem Tod nicht identifiziert werden kann, ich muss gleich eine Einäscherung bestellen. Ich will für immer verschwinden. Von Raffaello Beggiato soll keine Spur zurückbleiben. Jetzt mach ich mir erst mal einen Kaffee auf Zuchthausart. Die ersten Tropfen mit Zucker verquirlen, bis es eine dichte

Crema gibt. Dann den Rest dazugießen, immer schön langsam, um die Crema nicht zu zerstören und damit er aussieht wie ein Espresso im Café. Und wenn du ihn dann trinkst, merkst du, es ist ein falscher. Wie alles hier drin.

SILVANO

Beim sechsten Läuten nahm ich ab. Ich bekam schon lange keine Anrufe mehr, höchstens von irgendwelchen nervigen Umfragen oder Werbeanrufe aus dem Callcenter.

»Ivana Stella Tessitore.«

»Guten Tag.«

»Störe ich?«

»Nein, überhaupt nicht.«

»Ich bin an Ihrem Laden vorbeigegangen, und Ihr Vertreter sagte, Sie kommen in diesen Tagen nicht zur Arbeit. Da habe ich mich gefragt, ob das vielleicht mit der Veröffentlichung Ihres Briefs zu tun hat.«

»Ja, ich fühle mich müde, in der Tat. Der emotionale Stress, Sie verstehen …«

»Dafür habe ich Verständnis. Ich würde Sie gern wiedersehen, vielleicht täte Ihnen ein bisschen Gesellschaft auch gut.«

»Gern …«

»Also, warum kommen Sie dann nicht einfach heute zum Mittagessen? Meine Tochter ist in der Universität, wir können uns in aller Ruhe unterhalten.«

Die Wohltäterin der Häftlinge suchte meine Gesellschaft. Ich hatte keine große Lust, mir ihre Dummheiten anzuhören, gleichzeitig reizte es mich durchaus, sie wiederzusehen. Sie machte mich immer noch neugierig, und so ein Besuch zum Mittagessen wäre eine weitere Möglichkeit, in ihr Leben Einblick zu erhalten.

Auf dem Weg dorthin fuhr ich an der Wäscherei vorbei. Durchs Schaufenster sah ich Daniela, die fröhlich mit ihren Kunden plauderte. Die Nutte war hart im Nehmen.

Ivana Stella, elegant gekleidet und gut geschminkt, empfing mich mit freundlichem Lächeln. »Ich freue mich wirklich, Sie zu sehen«, sagte sie und küsste mich auf die Wangen.

Sie bat mich, im Wohnzimmer Platz zu nehmen, und bot mir einen Aperitif an. Einen Negroni, in der Karaffe zubereitet. Als ich ihr Glas ansah, wurde mir klar, dass sie schon eines getrunken hatte. Das brachte mich zum Nachdenken. Als ich zum ersten Mal hier war, hatte sie sich zwei Mal von dem edlen Cognac eingeschenkt. Und als ich ihr den Entwurf zu meinem Brief gezeigt hatte, hatte sie gleich mehrere Gläser getrunken. Ich musterte die Sammlung an Flaschen, die auf einem runden antiken Messingtablett standen. Von dem Cognac waren nur noch zwei Fingerbreit übrig. Schau an, die Trösterin der Mörder, Räuber und Dealer pichelte gern einen. Eine Schwäche, unter der sich ohne Zweifel Probleme verbargen. Diese Frau hatte alles. Geld, ein schönes Haus, eine Tochter. Sie leistete sich sogar den Luxus, Häftlingen beizustehen. Unvermittelt stand ich auf, nahm die Karaffe und füllte ihr Glas erneut. Das war jetzt das dritte.

»Dieser Negroni ist wirklich köstlich«, lächelte ich.

Der Tisch war bereits gedeckt. Für zwei. Teller, Gläser, Besteck und Tischtuch, alles erlesene Ware. Ivana Stella hatte einen guten Geschmack. Gekocht hatte die Zugehfrau, die schon vor einer Weile gegangen war. Systematisch sorgte ich dafür, dass ihr Glas immer gut gefüllt war. Zu den Antipasti Weißwein aus dem Friaul, zum Stockfisch ein leichter Roter.

Die Frau trank und redete. Ich lauschte ihr mit mildem Lächeln.

Trink nur, mein Liebes. Ich wette, nicht mehr lange, und du vertraust mir deine Herzensgeheimnisse an.

Und tatsächlich, nach einer Weile bot sie mir das Du an und begann zu erzählen, wie einsam sie war. Ihr Mann hatte sie wegen einer Jüngeren verlassen. Die aber nicht hübscher war, auf die Feststellung legte sie Wert. So war sie allein in diesem großen Haus geblieben, mit der heranwachsenden Tochter. Zum Glück hatte

Vera sich zu einem vernünftigen Mädchen entwickelt. Sie selbst hatte das Trauma des Verlassenwerdens nicht verwinden können, so dass es ihr nie gelungen war, mit einem anderen Mann ein neues Leben zu beginnen. Dann hatte sie eine Freundin gefunden, die ehrenamtlich Strafgefangene betreute, und das war dann auch zu ihrem neuen Lebensinhalt geworden.

Am Ende des Essens waren die beiden Flaschen leer, obwohl ich kaum getrunken hatte. Ivana Stellas Stimme wurde undeutlich, und sie begann sich zu wiederholen. Ich bot an, Kaffee zu machen. Dabei erzählte ich ihr, wie sehr ich sie bewunderte für ihren Dienst am Nächsten, und ich machte mir einen Spaß daraus, sie mit der Bemerkung zum Erröten zu bringen, wie es denn sein könne, dass eine so attraktive Frau keinen neuen Mann gefunden habe, mit dem sie Freud und Leid teilen könnte.

»Erzähl mir etwas von dir«, sagte sie und machte es sich auf dem Sofa bequem.

Die dumme Pute hörte zu gerne menschliche Schicksale, und ich war ein Prachtexemplar. Ein paar Banalitäten, und ich hatte sie erobert. Sie fing damit an, dass ich sie so sehr beeindruckt hätte mit meiner Fähigkeit, Verständnis für Raffaello Beggiatos dramatische Situation aufzubringen, und dass sie gern meine Freundin wäre. Sie war sentimental, schwach und wehrlos. Wirklich nicht aus demselben Holz geschnitzt wie Siviero und seine Frau. Es wäre ausgesprochen dumm gewesen, das nicht auszunutzen. Sie hatte es nicht anders verdient, und außerdem konnte sie mir nützlich sein.

»Ich wäre sehr geehrt, dein Freund zu werden«, sagte ich und stand auf.

»Gehst du schon?«, fragte sie enttäuscht.

»Ja, leider, ich muss. Ich habe etwas zu erledigen. Aber ich hoffe, ich sehe dich bald wieder.«

In der Tür umarmte sie mich innig. »Ich rufe dich morgen an«, versprach sie.

Zu Hause las ich die Zeitung. Am nächsten Tag sollte Raffaello Beggiato vor Gericht erscheinen. Der Moment war gekommen, dem Ehepaar Siviero einen erneuten Besuch abzustatten. Ich erwartete sie vor ihrem Haus.

»Sind Sie gekommen, um den Rest auch noch zu demolieren?«, fragte Oreste, der sich nur schwer beherrschen konnte.

»Du halt dich klein«, sagte ich. »Das Zeug gehört alles mir. Ich kann damit tun, was ich will.«

Daniela ignorierte mich. Sie öffnete das Tor und fuhr den Smart in den Garten.

»Hast du das Geld und Beggiatos Pass hier zu Hause?«

»So dumm bin ich nicht.«

»In ein paar Tagen kommt Beggiato raus und nimmt Kontakt zu dir auf«, sagte ich. »Du verabredest dich nachts mit ihm, um ihm beides zu geben, und sagst mir, wo und wann ihr euch trefft. An dem Tag komme ich her und mache es mir mit deiner Frau gemütlich. Zur Mittagszeit bringst du mir das Geld, und dann verschwinde ich aus eurem Leben.«

Siviero musterte mich lange. »Das will ich auch hoffen«, seufzte er.

RAFFAELLO

Der Drecksack von Staatsanwalt war dagegen. »Eine Haftverschonung ist sinnlos, denn Beggiatos Krankheit ist nicht heilbar.« Zum Glück hat sich mein Anwalt gut geschlagen. Er hat ein Gutachten von einem Prof aus Padua hervorgezaubert, der behauptet, die Freiheit könne eine heilsame Wirkung auf den Krebs haben. Und dann wollte er Contins Brief vorlesen, aber das hat der vorsitzende Richter nicht zugelassen. »Der wurde bereits zu den Akten genommen«, hat er gesagt, die Sache ging ihm sichtlich auf die Eier. Ich hab den Rat des Anwalts befolgt, immer schön den Blick gesenkt, hab nur manchmal nach den Sackgesichtern von Experten geschielt, die mich stumpfsinnig anglotzten. Aber ich war schlau und hab sie nicht zum Teufel geschickt. Und dann die Arschlöcher von Wachmännern. Unter dem Vorwand, dass ich ein Lebenslänglicher bin, haben sie die Handschellen extra eng gestellt. Aber ich hab mich nicht gemuckst. Fast wären mir die Tränen gekommen vor Schmerzen, aber den Gefallen tu ich doch denen nicht. Ist auch egal, in ein paar Tagen nehme ich den Zug nach Paris und dort den nächsten Flieger nach Brasilien. Wenn der Pass in Ordnung ist, dürfte es keinen Ärger geben. Zurzeit haben es die Bullen nur auf die Moslems abgesehen. Ich bin schön weiß und habe helle Augen. Hauptsache, sie wühlen nicht in meinem Koffer rum und finden das Geld, aber das wird schon nicht passieren. Gauner bestehlen doch keine Kollegen. Früher wurde man noch von den Carabinieri zum Gericht begleitet. Junge Kerle, Aasgeier. Aber manchmal bist du an einen Chef der Eskorte geraten, der in die Bar ging und dir einen Kaffee mit Schuss holte. Tempi passati. Heutzutage schimpfen die Gefängniswärter sich Justizvollzugsbeamte, aber sie haben immer noch Minderwertigkeitskomplexe, weil sie nichts anderes tun dürfen, als Türen auf- und zuzuschließen, also machen sie einen auf harter Kerl, um bei den echten Bullen Eindruck zu schinden. Während ich bei der Anhörung war, ist der Postmann vorbeigekommen und hat mir einen Brief in das Fach an der Zellentür gelegt. Er ist nicht von meinem Anwalt, und die Mutter schreibt mir nie. Ich hab ihn noch nicht gelesen. Erst mal was essen. Heute gibt's Pasta mit Soße, Gulasch mit Kartoffeln und zum Nachtisch einen Apfel. Im Knast gibt es immer nur kurze Nudeln. Seit fünfzehn Jahren hab ich keine Spaghetti oder Tagliatelle mehr gegessen. Bis die aus der Küche in den Zellen wären, wären sie nur noch Matsch. Die kurzen Nudeln sind zwar auch immer zerkocht, aber wenigstens kein formloser Brei. Die Soße ist säuerlich, und den Parmesan haben sie mit Semmelbröseln gestreckt. Da kann der Küchenbulle noch ein schönes Stück Grana Padano mit nach Hause nehmen. Aber nicht das ganze, einen Teil muss er den Häftlingen abgeben, die Küchendienst haben, sonst läuft das Spielchen nicht. Die machen sich einen schönen Lenz im Knast. Haben immer gut zu essen. Hier drin ist das Essen eine Droge. Es hilft, den Tag hinter sich zu bringen. Ich hab auch mal beantragt, in der Küche eingesetzt zu werden, aber der Direktor hat geantwortet, wer wegen Mord oder Totschlag sitzt, darf weder in die Küche noch in die Krankenstation, falls dem mal die Sicherungen durchbrennen und er schlachtet oder vergiftet dann einen, der ihm auf die Eier geht. Vielleicht ein schön fettes Arschloch von Wärter. Die Kartoffeln sind zerfallen, das Fleisch ist hart wie Schuhsohle. Scheiße, Raffaello, wie oft hast du diesen Fraß schon gekaut? So, jetzt werd ich mal diesen Brief lesen. Ich bin doch zu neugierig.

Lieber Raffaello,

es ist schon ein paar Jahre her, dass ich dir geschrieben habe. Ich melde mich auch nur, um zu sagen, ich hoffe, dass du freikommst und wieder gesund wirst. Früher mal haben wir viel Spaß miteinander gehabt, das ist eine schöne Erinnerung. Mittlerweile arbeite ich zu Hause, einer meiner festen Kunden ist Silvano Contin. Ich freue mich wirklich, dass er diesen Brief an die Zeitungen geschrieben hat. Der wird dir sicher helfen. Ich wünsche dir alles Gute.

Giorgia

Giorgia Valente, der schönste Arsch sämtlicher Nachtclubs des Veneto! Und meine alte Liebe. Na ja, Liebe. Die hat sich auch nur an mich gehängt, weil sie dachte, mit mir kann sie sich ein schönes Leben machen. Eine Hure wie jede andere. Hat mir aber gefallen. Konnte sogar ganz lustig sein. Die schreibt mir nicht ohne Grund. Und der muss mit Silvano Contin zu tun haben. Der untröstliche Witwer fickt meine Ex. Na und? Dass der ein bisschen daneben ist, hab ich auch schon gemerkt, und nach dem, was er erlebt hat, ist das ja auch kein Wunder. Oder müsste ich eifersüchtig sein? Nö, kein bisschen. Will Giorgia mir vielleicht sagen, ich soll aufpassen? Warum sollte ich? Sobald ich draußen bin, geht's nach Brasilien. Dieser Brief wandert ins Klo. So, jetzt kann ich das Gulasch fertig essen. Den Apfel mach ich mir aber heiß, mit ein bisschen Zucker, ganz langsam, dass er schön karamellisiert. Scheiße, die Kartusche vom Kocher ist so gut wie leer! Reicht nur noch für ein paar Mal Kaffee. Gut, esse ich ihn eben roh. An apple a day keeps the doctor away … Scheißdreck! Mit meinem Krebs müsste ich ein paar Tonnen essen. Verfickt, jetzt ist mir der Appetit vergangen. Und auf Giorgia Valente hab ich auch keinen Appetit mehr. Die dürfte jetzt so vierundvierzig, fünfundvierzig Jahre alt sein. Klar arbeitet die nur noch zu Hause, ihr Arsch hängt doch jetzt bis auf den Boden. Ich frag mich nur: Contin hat doch Geld, was leistet der sich nicht zwanzig Jahre jüngere Mädels?

SILVANO

Ich rief Ivana Stella an. Ihre Tochter sagte, sie sei mit den anderen Ehrenamtlichen ins Gefängnis gefahren. Ich bat sie um den Gefallen, Bescheid zu sagen, damit sie mich zurückrief.

Dann legte ich mich aufs Sofa und ging in Gedanken die kleine Rede durch, die ich der Zuchthaus-Mutter-Theresa halten wollte. Nach einem Weilchen schlummerte ich ein. Ich träumte von Clara; wir unterhielten uns mit Enricos Lehrerin, sie sagte, der Junge sei der fleißigste Schüler der ganzen Klasse, aber leider so, so krank. Das Telefon weckte mich.

»Ich wollte dich so gern hören. Und sehen …«, legte ich los.

»Ich dich auch.«

»Aber vielleicht ist es gar nicht gut.«

»Warum denn das?«, fragte sie erschrocken.

»Darf ich offen und ehrlich sein?«

»Ja, bitte.«

»Ich fühle mich zu dir hingezogen, aber ich will nicht, dass du dich unwohl fühlst. Du bist so eine schöne, elegante Frau, intelligent und sensibel. Und ich bin nur der Typ von ›Absatz-Blitz‹, früher war ich ein erfolgreicher Mann, aber seit der Tragödie …«

»Silvano, auch ich fühle mich sehr stark zu dir hingezogen, und was du tust, interessiert mich nicht, denn du bist ein ganz besonderer Mann.«

»Du bist auch jemand Besonderes. Wann kann ich dich wiedersehen?«

»Du kannst sofort kommen, aber Vera hat Besuch von ein paar Freundinnen. Wie wäre es mit morgen Mittag zum Essen?«

Zum Mittagessen, dann ist die Tochter nicht da. Und zum Mittagessen kann sie ein bisschen was trinken, denn Vera ist es höchstwahrscheinlich nicht recht, dass ihre Mutter so viel schluckt. Ivana Stellas Getue à la »Du bist ein besonderer Mann« widerte mich an. Ja, ich war ein besonderer Mann, aber nicht so, wie sie glaubte. Endlich konnte ich mein Recht auf Wiedergutmachung durchsetzen. Auch die Richter hatten mir dieses Recht zugesprochen, indem sie meine Meinung zur Frage des Verzeihens als ausschlaggebend dargestellt hatten. Aber ich verzieh niemandem. Weder Beggiato noch Siviero oder Daniela noch Ivana Stella. Nein, auch ihr nicht. Kein einziger »Ehrenamtlicher« war aufgetaucht, um mir zu helfen, als ich in der Dunkelheit unterging. Auch nicht Signora Tessitore, die eilte lieber den armen Häftlingen zu Hilfe. Und jetzt fand sie mich »besonders«.

Das Leben ist wirklich merkwürdig. Seit fünfzehn Jahren wartete ich darauf, dass etwas geschah, wodurch meine Trauer einen Sinn bekam, und jetzt auf einmal konnte ich aus vollem Recht und ganz in meinem Sinne handeln. Und es war ganz gewiss nicht Gott, der hier die Fäden zog. Gott existiert nicht, das weiß ich sehr wohl. Nach dem Leben gibt es nichts als die dunkle Unermesslichkeit des Todes.

Gegen Abend bezog ich in der Nähe der Wäscherei Aufstellung. Kurz vor Geschäftsschluss ging Siviero zu Fuß Richtung Stadtzentrum. Er betrat eine Bar und spielte Billard mit ein paar anderen Hanseln seiner Art. An diesem Abend würde er nicht zu Hause essen. Ich ging zurück, stieg in den Wagen und fuhr bei Ivana Stella zu Hause vorbei, dann bei Daniela. Schließlich fuhr ich noch an einen anderen Ort, der jetzt in der Nacht menschenleer war. Lange wanderte ich dort zwischen aufgeschütteten Hügeln umher. Die Stille beruhigte mich. Der einzige Lärm stammte von dem in meinem Herzen eingeschlossenen Schrei, er hallte mir dumpf und zerrissen in den Ohren wie der stampfende Bug eines Schiffes bei stürmischer Fahrt.

Ivana Stella war ganz aufgeregt über unsere erneute Begegnung. Und Negronis hatte sie schon mindestens zwei intus. Als ich ihr die Zunge in den Mund steckte, schmeckte es, als würde ich ein Glas auslecken. Sie erwiderte den Kuss leidenschaftlich. Ich hätte sie sofort ins Bett schleifen können, aber bei einer Frau ihrer Art wäre das ein Fehler gewesen. Alles zu seiner Zeit. Jetzt war erst mal der Moment zu reden.

»Das Leben ist wirklich unglaublich«, sagte ich. »Ich hätte nie geglaubt, dass ich noch fähig sein könnte, mich zu verlieben.«

»Ich habe es gewusst, seit du das erste Mal hier warst.«

»Ich möchte mein Leben ganz deinem Glück widmen.«

»Oh, Silvano, bitte küss mich noch einmal!«

Ein Weilchen redeten wir noch dummes Zeug wie zwei Backfische, küssten und herzten einander. Dann wurde Ivana Stella kühner. Sie wollte Sex. Aber da befreite ich mich sanft aus ihrer Umarmung.

»Jetzt noch nicht, Liebes.«

»Warum denn?«

»Ich möchte mir deiner Gefühle sicher sein können. In ein paar Tagen rufe ich dich an, dann kannst du mir sagen, ob du mich wirklich wiedersehen willst.«

Ihre Augen füllten sich mit Tränen. »Ich hatte recht. Du bist wirklich ein ganz besonderer Mann.«

Ich hielt an einer Autobahnraststätte und aß ein Panino. Dann fuhr ich zu einem Einkaufszentrum gleich nach der ersten Mautstelle. Sorgfältig suchte ich alles zusammen, was ich brauchte, und stellte mich an der Kasse an. Weil ich nicht genug Bargeld dabeihatte, zahlte ich mit der EC-Karte.

Abends rief mich Don Silvio zu Hause an, der Gefängnisgeistliche.

»Ich wollte Ihnen mitteilen, dass Beggiato morgen früh entlassen wird«, verkündete er feierlich.

»Das freut mich.«

»Gott wird Ihnen Ihre Güte vergelten.«

Ich legte auf, peinlich berührt von der Einfalt des Pfaffen, der sein ganzes Leben einer Illusion verschrieben hatte.

Am nächsten Morgen fing ich Siviero vor der Bar ab. »Er kommt heute raus«, sagte ich. »Ich rufe dich alle zwei Stunden an, um zu hören, ob er sich bei dir gemeldet hat. Wenn du von ihm hörst, sag ihm, er soll aufpassen. Kommissar Valiani lässt ihn beschatten.«

RAFFAELLO

Das Schöne an der Haftverschonung ist, dass du nicht kontrolliert wirst. Du musst weder aufs Präsidium gehen und eine Unterschrift leisten noch zu Hause sitzen und auf die Bullen warten. Du kannst hingehen, wo du willst und so lange du willst – wenn auch nur innerhalb der Landesgrenzen –, so hat es der Anwalt ausdrücklich gesagt, um mir klarzumachen, dass es ihm nicht passen würde, wenn ich mich dünnmache. Scheiß doch der Hund drauf. Sein Geld hat er. Und basta. Wir sind ja keine Kumpel. Zur Mutter nach Hause bin ich mit der Taxe. Am liebsten wäre ich im Stadtzentrum für einen gemütlichen Spaziergang ausgestiegen, aber jeder weiß, wenn man gerade aus dem Knast kommt, soll man es nicht übertreiben. Zu viel Freiheit auf einmal, da ist schon mancher ausgeflippt. Die Mutter ist glücklich, sie tut nichts, als mich anzuschauen und zu weinen. Sie hat mir ein ordentliches Mittagessen gemacht, aber so viel Hunger habe ich gar nicht. Ich bin nur in die Küche und hab den Kühlschrank wohl fünfzig Mal auf- und wieder zugemacht. Dann hab ich Eiswürfel genommen und mir ein Glas Martini eingegossen. Das ist der einzige Alkohol, den ich gefunden habe, die Mutter trinkt nichts anderes. Später geh ich vielleicht noch raus und trinke einen Whisky in der Bar. Unablässig läutet das Telefon. Die Journalistenärsche, die mich ausfragen wollen. »Wie fühlen Sie sich? Haben Sie Schmerzen wegen dem Krebs? Planen Sie, Signor Contin noch einmal zu sehen, bevor Sie sterben?« Diese verfluchten Bastarde. Um die ich einen großen Bogen mache. Heute haben die Zeitungen Fotos von vor fünfzehn Jahren gebracht, die sollen sich bloß hüten, neue zu schießen. Dann erkennen mich die Leute auf der Straße, das wäre das Letzte, was ich will.

Nicht mal in die Nähe des Fensters bin ich gekommen, damit nicht irgendein Arschloch mein todkrankes Zuchthäuslergesicht verewigt. Scheiße, ich kann noch gar nicht glauben, dass ich frei bin. Ich hab noch diesen Knastgeruch an mir. Während der Taxifahrt hab ich die Nase ans Fenster gepresst wie ein kleines Kind. Es ist eine Sache, die Welt außerhalb des Gefängnisses im Fernsehen oder in der Zeitung zu sehen, aber sie dann in echt zu sehen, das ist noch eine ganz andere Sache. Die Stadt hat sich verändert, die Leute haben sich verändert – alle mit diesen bescheuerten Handys –, auch die Autos sehen anders aus und sogar die Bullen, und es ist alles voll von ihnen. Jetzt tragen sogar die Streifenpolizisten Pistole. Aber was mich wirklich geschockt hat, ist die Masse von Arabern und Negern überall auf den Straßen, ich dachte, die sitzen alle ein. Aber italienische Fötzchen gibt es auch noch jede Menge. Das ist das Wichtigste. Am liebsten würde ich ein paar durchziehen, bevor ich zu den Brasilianerinnen fahre, aber mir ist glasklar, dass ich das besser nicht tue. Die Zeit läuft mir davon, ich muss schnell über den Ozean und es mir bequem machen, bevor der Krebs mir die Kräfte raubt. Jetzt wird mir erst klar, dass ich alles bedacht habe außer der Mutter. Ich hab ihr noch nicht gesagt, dass ich nach Brasilien fliege. Und irgendwie hab ich das Gefühl, es könnte besser sein, ich sage ihr nichts, sonst verzweifelt sie und tut alles, um mich hierzuhalten. Ich verschwinde, und gut ist. Ich lasse ihr ein hübsches Sümmchen hier, damit sie nicht mehr knechten muss. Arme Mamma, das wird hart für sie. Aber was hilft's? Ich erzähl ihr einen Haufen Quatsch, von wegen ich brauch den Pass für den Fall, dass die mich wieder verknasten wollen, dann hält sie Ruhe. Genau, so mache ich's. Und übermorgen geht's ab durch die Mitte. Morgen Abend hole ich meine Sachen, am Abend danach nehme ich den Zug nach Paris. Auch wenn sie in der Onkologie auf mich warten für die Chemo. Ich will mich in Rio behandeln lassen, von Krankenschwestern, die im Samba-Rhythmus mit dem Arsch wackeln. Und nicht als Kassenpatient, wo sie dich behandeln wie ein Stück Dreck.

Außerdem erfahren die doch gleich, dass ich ein Lebenslänglicher bin, und dann behandeln sie mich wie ein Stück Scheiße.

Nach dem Essen sage ich, ich geh in die Bar runter, und dann rufe ich meinen Kumpel an. Ich freu mich, ihn zu sehen, muss ich schon sagen. Es wird nur kurz sein, denn mit den Bullen weiß man nie, aber einmal umarmen will ich ihn schon.

SILVANO

Um die Garage aufzubekommen, hab ich das Schloss ölen müssen. Dann erst öffnete sich die Tür zu meiner Vergangenheit. Alles, was Clara und Enrico gehört hatte, war hier drin. An der Wand links ein großer Schrank mit der Kleidung, den Schuhen, den Taschen, dem Schmuck meiner Frau. Rechts ein kleinerer mit den Sachen von meinem Jungen. Alles sauber in Zellophan gehüllt. Auch die Spielsachen waren in großen Kartons verwahrt.

Ich setzte mich auf den Boden, an Claras Schrank gelehnt, und fing an zu reden. Ganz leise, Enrico sollte es nicht hören.

RAFFAELLO

Der Knast sitzt mir noch in den Knochen. Ich bewege mich immer noch wie beim Hofgang, wenn ich mal eine Stunde an die Luft durfte. Und ich schaue ständig auf die Uhr, wundere mich, dass keiner zum Abzählen kommt und auch nicht der Wagen mit dem Fraß. An Geld bin ich nicht mehr gewöhnt, mit diesen Scheißeuros komme ich überhaupt nicht zurecht. Ich hab mir in einem Geschäft ein bisschen was zum Anziehen kaufen wollen, die Verkäuferin hat mich behandelt wie einen Marsmenschen. Das bin ich ja auch. Ein lebenslänglicher Marsmensch. Ich rede wie ein Knastbruder, immer noch mit denselben Wörtern, in jedem Satz eine Grobheit. Einmal sind so Hirnies aus der Universität gekommen, die wollten unsere Sprache untersuchen. Eine hübsche, wenn auch nicht mehr ganz so junge Tusse sagte mir: »In Institutionen wie dieser reduziert sich der Wortschatz auf das zur Kommunikation unentbehrliche Minimum.« Das Gelaber hab ich nicht kapiert, aber ich erinnere mich an ihr Dekolleté und wie ich daran dachte, als ich mir hinterher unter der Dusche gemütlich einen darauf abgewichst hab. Eigentlich hätte ich sie gern darauf aufmerksam gemacht, dass wir uns nichts zu sagen haben außer immer derselben Scheiße. Über Philosophie oder Geschichte brauchten wir uns ja nicht zu unterhalten. Die Insassen reden nur über ihre Verbrechen, über Prozesse, Fußball und Frauen. Die eingebildete Kuh war ganz fasziniert von unserem Blabla. »Ist Ihnen bewusst, dass Sie in den meisten verbalen Äußerungen einen restringierten Code verwenden?« Ja bitte, wie soll man denn reden im Knast? Ich hatte versucht, ihr freundlich zu antworten. Hatte versucht, ihr den Unterschied zwischen Scheiße und Mist zu erklären, zwischen Arschloch und Dreckstück.

Wichtige Unterschiede. Da durfte man nichts falsch machen. Und schließlich wies ich sie darauf hin, dass auch die Wärter und der Direktor nicht anders sprechen. Zwar nur mit den Häftlingen. Aber das war eben die Knastsprache, wir waren schließlich nicht im Kloster. Siehst du, was für ein Idiot du bist, du denkst immer noch an den Knast! Du bist frei und hast keine Zeit mehr zu verlieren. Jetzt macht der Tod mir wirklich Angst. In der Zelle war er mir noch manchmal wie eine mögliche Befreiung erschienen, jetzt nur noch wie eine dunkle Bestimmung. Als hätte ich eine Bombe mit Zeitzünder im Arsch. Der Krebs ist nichts anderes als ein Riesenschwanz, der dich fickt, bis du hinüber bist. Scheiße, ich werde deprimiert. Ich brauch einen Schuss. Es heißt, auf der Piazza dei Martiri delle Foibe verkaufen die Albaner türkisches Heroin. Gibt es etwa keine italienischen Dealer mehr? Den Albanern traue ich nicht über den Weg, auch im Knast wollen die einen immer übers Ohr hauen. Erst mach ich diesen Anruf, dann besorge ich mir ein bisschen was zum Träumen.

SILVANO

»Er hat sich gemeldet«, sagte Siviero.

»Ich komme.«

Zwanzig Minuten später betrat ich die Wäscherei. Daniela bedeutete mir, ich solle nach hinten gehen. Siviero saß rauchend auf einem Metallstuhl.

»Morgen um Mitternacht an der Ecke Via Don Bosco und Via Don Pessina«, sagte er.

»Dann sehen wir uns morgen in der Mittagspause bei dir zu Hause. Sieh aber zu, dass du nicht mit leeren Händen kommst.«

»Und Sie vergessen nicht unsere Verabredung und verschwinden danach für immer aus unserem Leben.«

»Ich stehe zu meinem Wort.«

Ich fuhr nach Hause und rief Ivana Stella an.

»Ich habe deine Nummer mit zitternden Händen gewählt«, log ich und legte möglichst viel Gefühl in meine Stimme.

»Warum?«

»Weil ich Angst habe, dass du deine Meinung geändert hast.«

»Nein, mein Liebster. Ich kann es nicht erwarten, dich wieder zu umarmen.«

»Magst du morgen Nachmittag zu mir kommen?«

»Ja, natürlich. Passt es dir um vier Uhr?«

»Vier Uhr ist perfekt.«

Ich schlief gut. Einen schweren, traumlosen Schlaf. Nach der Dusche rasierte ich mich sorgfältigst und entfernte mit der Schere ein paar Haare aus den Ohren. Auch ein Rasierwasser benutzte ich, das hatte ich seit Jahren nicht getan.

Siviero hingegen sah völlig übernächtigt aus. Es fiel mir sofort auf, als er aus dem Wagen stieg und die Bar betrat. Ich folgte ihm bis zur Wäscherei. Als die erste Kundin kam, ließ ich den Motor an und fuhr zu ihm nach Hause.

Daniela stellte keine Fragen, als sie sah, wie ich meine lange, schmale Stofftasche auf den Boden stellte.

»Kaffee?«, fragte sie kratzbürstig. Sie trug dasselbe Kleid und die Strümpfe vom letzten Mal. Der linke Strumpf warf überm Knie Falten. An den Füßen hatte sie lächerliche Pantoffeln mit Absätzen und als einziges Make-up einen vulgären roten Lippenstift.

»Heute nicht«, antwortete ich und schaute mich um. Der Fernseher, den ich demoliert hatte, war durch einen kleineren ersetzt worden, das Gemälde überm Kamin verschwunden. »Ich will, dass du ein Bad nimmst.«

Sie zuckte mit den Schultern. »Wie Sie wünschen.«

Ich beobachtete sie, während sie das Wasser einlaufen ließ und eine großzügige Dosis Schaumbad dazugoss. Dann zog sie sich aus und stieg hinein. Ich schloss die Tür und machte eine Runde durchs Haus. Ein nicht allzu großes Zimmer schien mir für meine Zwecke geeignet; es war mit einem Einzelbett, einer Kommode und einem Stuhl möbliert. Ich schob alles an die rückwärtige Wand und ging hinunter, um die Tasche zu holen. Ich zog den Reißverschluss auf und nahm einige große Malerplanen heraus. Eine breitete ich auf dem Boden aus, die anderen befestigte ich mit Klebeband an den Wänden.

»Das Wasser wird kalt«, sagte Daniela verdrossen, als ich wieder ins Bad kam.

Ich reichte ihr den Bademantel und brachte sie in das Zimmer. Als sie sah, dass alles mit Planen verhängt war, wollte sie zurück, aber ich stieß sie in den Raum.

»Was soll das bedeuten?«, fragte sie panisch.

Ich nahm den Hackenstiel aus der Tasche und hieb ihn ihr auf beide Knie. Sie fiel zu Boden. Ich schlug weiter, bis sie ohnmächtig war. Ich untersuchte die Verletzungen. Sie genügten noch nicht. Also stand ich auf und zielte genau. Kniescheiben, Schienbeine, Oberschenkel. Einen Knochen nach dem anderen. Dann setzte ich mich hin und wartete. Es dauerte fast eine Stunde, bis sie die Augen aufschlug und anfing zu jammern. Ich beugte mich über sie.

»Hast du die Dunkelheit gesehen?«, fragte ich.

»Mamma, Hilfe«, wimmerte sie leise.

Ich packte sie bei den Haaren. Die jähe Bewegung weckte den Schmerz. Sie öffnete den Mund, um zu schreien, hatte aber keine Kraft dazu. »Ich habe dich gefragt, ob du die Dunkelheit gesehen hast.«

Sie sah mich, aus verschleierten, entsetzten Augen an. »Hilfe, hol Hilfe, bitte.«

Ich stieß ihr mit der Spitze des Griffs vor den Brustkorb, gut dosiert, um sie nicht sofort zu töten. Wieder setzte ich mich neben sie und wartete. Mehrmals kam sie zu sich, aber von der Dunkelheit sprach sie nicht, stattdessen rief sie ständig nach ihrer Mamma. Ich hatte gelesen, dass sterbende Soldaten im Krieg meistens nach ihrer Mutter rufen. Ihren Mann nannte sie nie. Kurz vor ein Uhr setzte ich mich auf das Wohnzimmersofa. Nach ein paar Minuten kam Siviero, einen Lederkoffer in der Hand. Er legte die Haus- und Wagenschlüssel in eine Schale. Eine gewohnte, vertraute Geste. Ich kannte sie von mir selbst.

»Daniela?«, rief er laut.

»Ist im Schlafzimmer.«

Er legte den Koffer auf den Tisch und öffnete ihn, um mir den Inhalt zu zeigen. Alles Dollars.

»Und der Pass?«

Er nahm ihn aus einer Seitentasche. Das Foto fehlte noch; ausgestellt war er auf den Namen Pietro Andrea Bertorelli.

»Geben Sie Raffaello wenigstens den. Damit kommt er garantiert durch jede Kontrolle.«

»Wer von euch beiden hat auf meine Frau und meinen Sohn geschossen?«

»Raffaello.« Er versuchte, überzeugend zu wirken. »Wir waren mit Koks zugedröhnt, und er hat die Kontrolle verloren.« Jetzt blickte er zur Treppe. »Warum kommt Daniela nicht runter?«

»Wird auf der Toilette sein.«

»Ich gehe mal nachschauen.«

Sobald er sich umgedreht hatte, schlug ich ihm eine mit Ein-Euro-Münzen gefüllten Wollsocke in den Nacken. Ohnmächtig sackte er zusammen. Ich holte den Hackenstiel und zertrümmerte ihm die Wirbelsäule auf der Höhe der Brustwirbel. Dann wuchtete ich ihn mir auf die Schultern, brachte ihn die Treppe hoch und schleifte ihn an den Füßen ins Zimmer. Dort spritzte ich ihm Wasser ins Gesicht, um ihn zu sich kommen zu lassen. Als Erstes sah er Daniela und versuchte aufzustehen, aber seine Beine gehorchten ihm nicht. Nur noch in Armen und Oberkörper war Leben.

»Du hast sie umgebracht.«

»Noch nicht. Du wirst zusehen, wie sie stirbt.«

»Du bist ja wahnsinnig!«, schrie er.

Ich weckte Daniela mit ein paar Ohrfeigen. Sie wimmerte wieder los. »Hast du die Dunkelheit gesehen?«, fragte ich zum x-ten Mal.

Sie sagte etwas, aber ich konnte es nicht hören, weil Siviero losbrüllte. »Was denn für eine Dunkelheit? Lass sie in Ruhe und ruf einen Arzt! Sie hat nichts damit zu tun, hilf ihr doch, ich flehe dich an!«

Und in diesem Moment gelang es dem Schrei, sich zu befreien. »Es ist alles so dunkel, Silvano. Ich kann nichts mehr sehen. Ich habe Angst, ich habe Angst, hilf mir, es ist so dunkel!«

Ich schrie, ich schrie, und der Hackenstiel erhob sich weit über meinen Kopf und prasselte auf ihre Leiber nieder. Als irgendwann wieder Stille einkehrte, war alles voll Blut. Ich lauschte meinem Herzschlag, meinem Atem. Der Schrei war nicht mehr da. Er war verschwunden. Meine Brust war leichter.

Ich zog mich aus und warf alle Kleidungsstücke auf die Plane. Dann ging ich ins Bad und duschte, nahm die Kleidung zum Wechseln aus der Tasche und zog mich an, in aller Ruhe. Ivana Stella würde nicht vor vier Uhr nachmittags zu mir kommen.

Behutsam löste ich die Planen von den Wänden und wickelte alles ein, die Leichen, den Hackenstiel, meine Kleidung, um schließlich das ganze Paket mit Klebeband zu verschnüren. Ich zerrte es die Treppe hinunter, bis zur Garagentür an der Hinterseite des Hauses.

Dann nahm ich die Schlüssel aus der Schale und ging.

In einer Bar machte ich Pause und aß ein Panino mit Salami und Käse. Und trank ein Glas Rotwein. In einem Weinladen kaufte ich zwei Flaschen erstklassigen Weißwein und einen Cognac, schließlich musste ich Ivana Stellas Durst stillen.

Zu Hause duschte ich noch einmal. Zu der Zeit kam im Fernsehen nichts Interessantes. Um mir die Wartezeit zu vertreiben, klebte ich die Bonuspunkte vom Supermarkt ins Heftchen ein. Mittlerweile hatte ich eine ganze Menge gesammelt, jetzt würde ich schon einen Pürierstab oder einen Föhn dafür bekommen. Ich blätterte im Katalog, um zu sehen, ob es nichts Besseres gab.

Ivana Stella kam direkt vom Friseur. Sie begrüßte mich mit einem sanften Kuss auf die Lippen. Sie war verlegen, immerhin betrat sie die Wohnung eines Mannes zu dem einzigen Zweck, mit ihm ins Bett zu gehen. Ich bat sie, es sich bequem zu machen, und bot ihr ein Glas perfekt gekühlten Weißwein an. Ich bemerkte, wie sie sich umschaute.

»Na ja, das ist eben die Wohnung eines alleinstehenden Mannes. Es bräuchte eine Frau mit Geschmack, um etwas daraus zu machen.«

Sie nutzte das Thema, um alle Räume zu begutachten und Vorschläge zu machen. Farben, Tapeten, Fliesen, Möbel. Als sie ins Schlafzimmer kam, meinte sie, das Bett mit seinem Messingkopfteil sei ja ein bisschen aus der Mode.

»Aber die Matratze ist neu«, sagte ich und umarmte sie von hinten.

Sie bat mich, die Rollläden herunterzulassen.

»Ist es dir im Dunkeln lieber?«

»Nein. Nur diesmal. Ich habe Angst, dass ich dir nicht gefalle.«

Ich half ihr, sich auszuziehen. Als ich ihr den BH aufhakte, erstarrte sie. Mit Ivana Stella musste man geduldig sein. Ich war behutsam und zärtlich. Dann drang ich in sie ein und sorgte dafür, dass sie es genoss.

Lange blieben wir umschlungen liegen, verschwitzt, küssend, einander sinnlose Dinge sagend. Mehrmals stand ich auf, um ihr etwas zu trinken zu holen. Cognac. Nach dem Sex mochte sie den lieber als Wein.

Sie sah auf die Uhr. »Ich muss gehen«, seufzte sie.

»Willst du nicht erst duschen?«

»Vielleicht, danke.«

Während Ivana Stella sich wusch, durchwühlte ich ihre Handtasche. Ich war auf alles neugierig. Im Portemonnaie fand ich ein Foto ihrer Tochter und ein zusammengefaltetes Blatt Papier mit einem einfältigen Liebesgedicht voller Grammatikfehler, unterzeichnet von einem gewissen Antonio. Wahrscheinlich einer von ihren geliebten Häftlingen.

»Hat es dir gefallen?«, fragte sie in der Tür.

»Sehr.«

»Das war für mich das erste Mal, seit mein Mann weggegangen ist.«

Ich sah ihr vom Fenster aus nach, als sie in ihren kleinen Mercedes stieg. Im Gesicht trug sie einen glückseligen Ausdruck. »Genieß es«, dachte ich. »Lange wird es nicht gehen.«

Kurz darauf verließ ich das Haus. Ich parkte am Bahnhof und fuhr mit dem Taxi in die Nähe der Via San Domenico. Das Haus der Sivieros lag im Dunkeln, das ganze Viertel war menschenleer. Nur die Hunde waren zu hören, die bellten, während ich vorbeiging. Ich öffnete das Gartentor, setzte den Geländewagen rücklings an die Tür und lud mühsam die Leichen in den Gepäckraum. Dann schloss ich alle Fenster und Läden, damit es so aussah, als wären sie verreist, und nahm den Koffer mit den Dollars und dem Pass.

Langsam fuhr ich zu der Müllkippe, wo ich neulich Nacht spazieren gegangen war, und gelangte zwischen den Abfallhaufen hindurch zu der Stelle, die ich ausgesucht hatte. Dort grub ich ein Grab, nicht einmal besonders tief. Jeden Tag luden die Lkw der städtischen Müllabfuhr hier tonnenweise Abfall ab.

Den Geländewagen stellte ich in der Nähe eines Hotels ab, vor dem immer einige Taxen warteten. Der Fahrer lud den Koffer hinten ein.

»Kommen Sie oder fahren Sie?«, fragte er desinteressiert, nur um etwas zu sagen.

Gute Frage. Ich murmelte etwas Unverständliches und stieg ein.

Eine halbe Stunde später stand ich in der Via Don Bosco. Raffaello Beggiato kam ein paar Minuten zu früh. Ich ließ ihn rauchen, bis es Mitternacht schlug.

»Verdammte Scheiße, das ist ja Contin!«, entfuhr es ihm, als er mich sah.

»Genau. Siviero kommt nicht.«

»Siviero? Wer soll das sein?«

Ich lachte los. »Bis zuletzt loyal, wic cs sich gehört, was?«

Er sah sich um. »Mit den Bullen hätte ich ja noch gerechnet … Vor zehn Minuten hab ich zwei abgehängt, aber du bist eine echte Überraschung.«

»Nix mit Polizei. Nur du und ich.«

»Wie hast du Siviero gefunden?«

»Das wirst du nie erfahren.«

»Und jetzt, wo ist er?«

»Ich glaube, er ist mit deinem Geld abgehauen.«

Er schüttelte den Kopf. »Das kann nicht sein. Hast du ihn einsperren lassen?«

»Nein.«

»Und du, was machst du hier?«

»Ich bin hier, um dir zu sagen, dass dein Traum von der Flucht geplatzt ist. Du bist gefickt, Beggiato. Ich hoffe, der Krebs frisst dich ganz langsam auf.«

Ich drehte mich um und ging zum Wagen. Wenn der Mörder von Enrico und Clara gewusst hätte, dass Geld und Pass im Kofferraum waren, dann hätte er mich angegriffen. So heftete er nur den Blick an meinen Rücken. Ich konnte seinen Hass spüren. Und war glücklich.

RAFFAELLO

Seine Mutter muss eine verfluchte Hure gewesen sein, dass sie so ein Stück Scheiße zur Welt gebracht hat. Er hat mich gefickt wie einen Anfänger. Keine Ahnung, wie er meinen Kumpel aufgetrieben hat. Und wo der wohl abgeblieben ist? Wenn die Bullen ihn geschnappt hätten, hätten sie mich längst für eine Gegenüberstellung abgeholt. Und die, die mich beschattet haben? Ich verstehe gar nichts mehr, Scheiße. Nur dass ich meinen Traum von der Freiheit begraben kann. Heulen könnte ich, wenn ich nicht so wütend wäre! Und was mache ich jetzt? Fange ich die Chemo an und warte, bis der Haftrichter aus einer Laune heraus, weil seine Alte ihn betrügt, mich wieder verknastet? Scheiße, verdammte, da bin ich einen Schritt von der wirklichen Freiheit entfernt, und da kommt Contin an und verarscht mich. Und wie zufrieden der war! Wenn er Eier in der Hose hätte, hätte er mich erschossen, aber das ist wirklich ein schräger Typ. Der treibt gern so Spielchen. So ein Pech. Fünfzehn Jahre durchgehalten für nichts und wieder nichts. Jetzt hab ich einen Doppelschwanz im Arsch. Den Krebs und Contin. Abwarten, welcher von beiden mir mehr weh tut.

Wenn ich zwei und zwei zusammenzähle, komme ich immer auf meine Mutter raus. Wer sonst soll Contin von Siviero erzählt haben. Zeiten und Umstände passen auch. Sie muss mit Contin, diesem Drecksarsch, einen Pakt geschlossen haben: den Namen im Austausch für den Brief an die Zeitungen. Und jetzt, was mache ich jetzt? Ihr kann ich nicht böse sein. Ich muss tun, als ob nichts wäre. Und mit ihm, was tun? Umbringen? In Stücke schneiden? Das Herz rausreißen und reinbeißen? Er hätte einen schlimmen Tod verdient. Wenn Krebs ansteckend wäre, ich würde ihn mit reinziehen.

Aber ich hab ihm Frau und Sohn umgebracht. Ich kann ihm nichts tun. Er rächt sich eben. Würde ich auch. Aber als Mann. Pistole oder Messer. Er ist zu grausam. Ich bin ein leichter Gegner. Aber was mit Oreste passiert ist, das wüsste ich zu gern. Zu ihm nach Hause gehen kann ich nicht. Dann warten da die Bullen und das Ganze war nur ein Manöver, um mich rauszulocken. Jetzt kann ich nur warten. Hab nicht mal Geld, um mir was zum Träumen zu kaufen. Das H von heute ist schon durch. Ich gehe zur Mamma und heule mich bei ihr aus. Danach ist mir jetzt. Ja, ich will heulen. Bis ich nicht mehr kann. Und morgen gehe ich zu Don Silvio und schnorre ihn an. Ich will doch keinen alten Frauen die Handtasche wegreißen, damit ich mir Zigaretten kaufen kann. Ich will keine Verbrechen mehr begehen. Ich will in Ruhe sterben. Schluss mit Räuber-und-Gendarm-Spielen.

SILVANO

Am nächsten Morgen ging ich wieder zur Arbeit, zahlte Gastone Vallaresso für die Tage, die er mich vertreten hatte, und stellte mich hinter den Tresen. Gastone hatte gute Arbeit geleistet, niemand hatte sich beschwert, und er hatte daran gedacht, jedem Kunden den Kassenbon mitzugeben. Ich war froh, wieder Absätze anzuleimen und Schlüssel nachzumachen. Es ging mir besser, auch wenn ich nicht klaren Kopfes an das denken konnte, was im Haus der Sivieros passiert war. Ich hatte Muskelkater in Armen und Schultern, das war die einzige reale Empfindung, die ich spürte. Alles andere war in die Dunkelheit des Todes getaucht. Sogar das Blut hatte eine seltsame Farbe, wie in Schwarzweiß gefilmt. Clara hatte meine Rache geleitet. Und das genügte. Ich spürte ein kleines bisschen Erregung, wenn ich an Ivana Stella dachte. Mit ihr war ich noch nicht fertig. Nachmittags kam sie im Einkaufszentrum bei mir vorbei.

»Guten Tag, schöner Mann.«

»Guten Tag, schöne Frau. Was führt Sie hierher?«

»Ich hatte Lust, dich zu sehen.«

»Du kannst heute Abend zu mir kommen.«

Sie wurde rot. »Ich gehe abends nie so spät aus. Ich wüsste gar nicht, was ich Vera sagen soll.«

Sie hatte ihrer Tochter noch nichts von unserer Beziehung erzählt. Ich beschloss, mir einen Spaß mit ihr zu machen. »Du hast recht. Gut, dann komme ich zu dir.«

Wieder peinlich berührtes Erröten. »Dann begreift sie vielleicht, dass zwischen uns etwas ist.«

»Du bist alt genug, um dein Leben zu gestalten, wie es dir gefällt.«

»Alles zu seiner Zeit. Bitte hab es nicht so eilig. Ich möchte mit Vera keine Schwierigkeiten bekommen …«

Ich lächelte verständnisinnig. »Dann können wir uns Sonntagnachmittag sehen.«

Auf dem Heimweg fuhr ich noch an der Wäscherei vorbei, am Haus der Sivieros und an der Müllkippe. Verschlossene Gittertür und Fensterläden, und zwischen den Abfällen herrschte Ruhe.

Als Abendessen taute ich eine Tiefkühl-Fischsuppe auf. Ich gab etwas Olivenöl dazu und schob das Ganze in die Mikrowelle. Beim Essen sah ich die Nachrichten auf ein paar Privatsendern. Das Verschwinden von Oreste und Daniela war noch niemandem aufgefallen.

Es war nur noch eine Frage von Tagen, dann würde das Thema hochkochen, ein gefundenes Fressen für die Journalisten und die Stammtische. Sorgen machte ich mir keine, im Gegenteil, mich kitzelte tatsächlich ein wenig die Neugier; zum ersten Mal seit der Tragödie schien mir die Zukunft interessant.

Die ersten Artikel erschienen am Sonntag. Als ich den Friedhof verließ, sah ich das Plakat mit der Schlagzeile am Kiosk: »Ehepaar verschwunden. Angehörige erstatten Anzeige«. Ich kaufte alle drei Zeitungen. Im Großen und Ganzen brachten sie alle dieselben Informationen, jedenfalls das, was Präsidium und Carabinieri durchgelassen hatten. Die Eltern von Daniela Borsatto und die Schwester von Oreste Siviero hatten begonnen, sich Sorgen zu machen. Sie hatten festgestellt, dass die Wäscherei seit mehreren Tagen geschlossen und das Haus verlassen war, und Vermisstenanzeige erstattet. Die Ermittler gingen mit der gebotenen Umsicht vor. Beide Vermisste waren erwachsen und konnten ja ohne weiteres beschlossen haben, einige Tage Urlaub zu machen. Dennoch wurden routinemäßige Untersuchungen angestellt, man befragte die Nachbarn und die Kunden der Wäscherei. Alle waren überrascht und beschrieben die beiden als zuverlässige und offenherzige Gewohnheitsmenschen. Ich warf die Zeitungen in einen Mülleimer und ging nach Hause. Ich musste noch putzen, bevor Ivana Stella kam.

Sexuell war diese Frau eine Katastrophe. Sie konnte nur die Beine breit machen und mehr oder weniger engagiert keuchen. Schonungslos sprach ich das Thema an.

»Das ist die Schuld von meinem Mann«, piepste sie.

»Vielleicht hat er dich genau deswegen verlassen. Ein bisschen Fantasie im Bett schadet nie.«

»Könnten wir bitte das Thema wechseln?« Sie war genervt.

»Du gefällst mir sehr, Ivana Stella, aber ich brauche eine vielseitige Frau. Vielleicht ist es besser, wir lassen das …«

»Bitte sag nicht so etwas. Du wirst sehen, ich kann dazulernen. Ich werde mir Mühe geben, ich verspreche es.«

Ich gab ihr ein paar Klapser auf den Po. »Gut, dann fangen wir nächstes Mal hier an.«

Am Montag meldeten die Lokalsender, dass man Sivieros Geländewagen aufgefunden hatte.

Am Dienstag brach die Polizei das Rollgitter der Wäscherei und die Haustür auf. Vom Ehepaar Siviero keine Spur.

Zwei Tage darauf, ich machte gerade einen Doppelbartschlüssel nach, sah ich Kommissar Valiani ankommen. Er steckte sich eine Zigarette an und wartete, bis ich mit dem Schlüssel fertig war.

»Ich bin überrascht, Sie hier zu sehen«, sagte ich seelenruhig.

Der Polizist zog einen Umschlag aus der Manteltasche und zeigte mir ein Farbfoto. Darauf war ich selbst zu sehen, auf dem Bürgersteig nahe der Wäscherei.

»Ich verstehe nicht«, stotterte ich.

»Das ist nicht das Einzige. Seit einiger Zeit observiert die Drogenfahndung den afrikanischen Friseur in der Nähe der Wäscherei der Sivieros. Die Bosse der nigerianischen Drogenmafia treffen sich dort. Es ist aufgefallen, dass Sie sich öfter in der Gegend aufgehalten haben. Offenbar galt Ihr Interesse der Wäscherei, in der Sie allerdings kein Stammkunde waren. Es gibt nur eine einzige Quittung auf Ihren Namen.«

»Und?«

»Ich bin schon zu lange Polizist, es würde mich wundern, wenn das Zufall sein sollte. Welche Beziehung hatten Sie zu Oreste Siviero und Daniela Borsatto?«

»Ich war Kunde dort, das ist alles.«

»Ich hab mich mal im Archiv umgesehen. Siviero wurde seinerzeit wegen verschiedener Diebstähle verdächtigt. Mangels triftiger Beweise ist er immer wieder davongekommen. Aber er hat auch mal gesessen, wegen Autodiebstahl.«

»Warum erzählen Sie mir das alles?«

»Weil Siviero in einem Billardsalon verkehrt, in dem auch Raffaello Beggiato oft gesehen wurde.«

»Denken Sie, er ist sein Komplize?«

»Ich denke gar nichts. Ich versuche nur zu verstehen. Irgendwas ist an dieser Geschichte faul.«

Er warf den Zigarettenstummel zu Boden und ging, ohne sich zu verabschieden. Ich machte mich wieder an die Arbeit. Ich konnte mir beim besten Willen keine Sorgen machen. Ich hatte ein ruhiges Gewissen.

RAFFAELLO

Als die Bullen mich holen kamen, hätte ich mich fast vollgeschissen. Kurz war ich überzeugt, sie wollten mich wieder einbuchten. Aber dann war es nur Valiani, das Sackgesicht, der mich vernehmen wollte. Er hat sofort durchblicken lassen, dass sie mir auf den Fersen sind, sie wissen, dass ich bei den Albanern Drogen gekauft habe, aber das interessiert ihn nicht, sagt er. Er wollte nur wissen, warum ich nachts um elf aus dem Haus geschlichen bin und seine Leute abgehängt habe. Wen ich getroffen habe? Niemanden, Herr Kommissar, ich habe Krebs, Sie werden doch nicht denken, dass ich mir Ärger an den Hals schaffen will. Dann hat er gefragt, ob ich Oreste Siviero kenne. Wie, den, der mit seiner Frau verschwunden ist? Nein, nie gesehen. Vor fünfzehn Jahren in derselben Bar verkehrt? Und nach all der Zeit soll ich mich erinnern? Und dann hat er angefangen, nach Contin zu fragen. Er wollte hören, worüber wir bei dem Gespräch im Knast geredet hatten. Über nichts Besonderes, Herr Kommissar, die übliche Scheiße. Er hat überprüft, ob ich wirklich bereue. Ich hab versucht, ihn zu überzeugen, aber er wollte nichts davon wissen. Versteh ich ja auch. Ich hätte auch keine Lust gehabt zu verzeihen. Und dann hat er gefragt, ob Contin und Siviero einander kennen. Und ohne nachzudenken, hab ich gefragt: Warum? Er hat nicht geantwortet, hat nur die üblichen Drohungen losgelassen, wie die Bullen sonst auch immer, und mich dann aus dem Büro geworfen. Das Problem ist nur, ich weiß ja selbst nicht mal, was ich davon halten soll. Oreste ist verschwunden und hat mich sitzenlassen. Contin hat hundertpro damit zu tun, aber ich kapiere nicht, wie. Und ich kann ihn nicht mal suchen. Die Bullen verfolgen mich, und ich hab kein Geld, um abzuhauen. Don Silvio hat mir hundert Euro gegeben, aber was soll ich damit für Sprünge machen? Ich bin ins Krankenhaus zur Untersuchung, da ist es schlimmer als im Knast. Ärzte und Pfleger, ein Haufen Arschlöcher und Idioten. Sie behandeln mich schlecht, verächtlich. Tun mir mit Absicht weh, wenn sie mir die Kanülen reinstechen. Untereinander nennen sie mich laut den »Lebenslänglichen«, und ich schäme mich. Unvorstellbar, inmitten von diesem Hass zu sterben. Um die Wahrheit zu sagen, habe ich überhaupt keine Lust zu sterben, aber die da werden keinen Finger rühren, um mich zu retten. Im Gegenteil, sie lassen mich extra leiden. Hurensöhne, beschissene Weißkittel. Was tu ich jetzt bloß? Ich sitze in der Falle wie eine Ratte. In der Falle sitze ich seit dem Tag, an dem ich zwei Unschuldige erschossen habe, aber das hier habe ich nicht verdient. Verdammte Scheiße, ich habe Krebs. Hat hier denn niemand Mitleid?

SILVANO

Ich wollte in der Bar vom Einkaufszentrum einen Kaffee trinken. Da saß Valiani am Tisch, zusammen mit Gastone Vallaresso. Sie sahen mich nicht, waren zu sehr ins Gespräch vertieft. Das Thema dieser Unterredung war unschwer zu erraten. Der Kommissar rekonstruierte meine Bewegungen. Dass ich an den Tagen, da die Sivieros verschwunden waren, nicht zur Arbeit gegangen war, musste ihm zu denken geben. Sollte er sich ruhig den Kopf zerbrechen. Abfall bedeckte Abfall, Schicht um Schicht. Niemand würde sie je finden. Was mich ärgerte, war, dass er seine Zeit mit mir vergeudete und die Kriminellen unterdessen ungestört in der Stadt ihr Unwesen treiben konnten. Valiani hatte seine beste Zeit hinter sich. Er war ein alter Dummkopf, der die Steuergelder verschwendete und auf die Pension wartete. Ich war darauf gefasst, dass er kam, um mir weitere Fragen zu stellen, doch er ging am »Absatz-Blitz« vorbei, ohne mich eines Blickes zu würdigen.

Tags darauf kam er wieder. »Signor Contin, Sie sind immer wieder für eine Überraschung gut«, sagte er mit falschem Lächeln.

»Ach, warum?«

»Sie sind seit vielen Jahren Witwer. Und wie viele alleinstehende Männer gehen Sie zu Prostituierten, aber ich hätte nie gedacht, dass sie ein Stammkunde von Giorgia Valente sein könnten.«

»Eine Professionelle wie viele andere ...«

»Nicht unbedingt. Sie ist früher Raffaello Beggiatos Freundin gewesen, und das hebt sie aus der Menge heraus.«

»Darf ich fragen, warum Sie Erkundigungen über mein Privatleben einholen?«

»Können Sie sich das nicht denken?«

»Nein.«

»Dann schauen wir uns doch mal die Tatsachen an. Sie fallen mehrfach durch merkwürdiges Verhalten vor der Wäscherei der Sivieros auf. Als würden Sie die beiden kontrollieren. Ausgerechnet in dieser Zeit lassen Sie sich bei der Arbeit vertreten, was noch nie da gewesen ist. Am Tag vor dem Verschwinden des Ehepaares, und das ist wirklich außergewöhnlich, wenn Sie gestatten, fahren Sie sechzig Kilometer weit in ein anderes Einkaufszentrum und kaufen dort einen Spaten, eine Spitzhacke, sechs Malerplanen und drei Rollen Klebeband für zusammen 37,40 Euro, wie aus der Zahlung mit der EC-Karte hervorgeht.«

»Ich sehe, Sie waren fleißig«, bemerkte ich.

»Was wollten Sie mit all den Sachen?«

»Das geht Sie nichts an.«

»Ganz schlechte Antwort. Aber damit nicht genug der Überraschungen. Eine Person, die Ihnen ähnlich sieht, wurde in einem Wagen desselben Modells wie Ihrem in der Nähe des Siviero'schen Hauses gesehen. Und im Haus hat die Spurensicherung Fingerabdrücke gefunden, die nicht zu den Bewohnern gehören. Sollten das etwa Ihre sein?«

»Worauf wollen Sie hinaus?«

»Ich bin überzeugt, dass Sie auf irgendeine Weise mit dem Verschwinden der Sivieros zu tun haben, und wenn ich an den Spaten und die Spitzhacke denke, kriege ich böse Ahnungen.«

»Ihre Fantasie geht mit Ihnen durch.«

»Hören Sie, Signor Contin, ich habe nichts gegen Sie, darum habe ich auch weder dem Richter noch meinen Kollegen etwas gesagt. Ich möchte nur wissen, wie Sie in diese Situation hineingeraten sind.«

»Da gibt es nichts zu wissen. Kümmern Sie sich um andere Fälle. Sie werden ja wohl genug zu tun haben.«

Enttäuscht schüttelte er den Kopf und tauchte in der Menge der Kunden unter. Mir war klar, dass er wiederkommen würde. Polizisten arbeiten so.

Zu Hause nahm ich den Koffer aus dem Wagen und versteckte ihn im Keller einer Nachbarin. Die Witwe Mandruzzato war fast neunzig und ging seit einiger Zeit nicht mehr aus dem Haus. Eine rumänische Zugehfrau kümmerte sich um sie, bezahlt von den Kindern, die sich nur selten blicken ließen. Das war ein sicherer Ort. Nicht einmal Valiani würde auf die Idee kommen, seine Nase hier hineinzustecken. Allein schon, weil nur Beggiato und ich etwas von dem Geld und dem Pass wussten.

Am nächsten Morgen bemerkte ich den Kommissar in einem Wagen, der gegenüber meiner Wohnung geparkt war. Er tat nichts, um nicht aufzufallen, und folgte mir bis zum Einkaufszentrum. Irgendwann vormittags ging ich meinen üblichen Kaffee trinken. Da schien mir, als würde ich Valiani in einem Haushaltswarenladen sehen. Als ich wieder zu meinem Laden zurückging, drehte ich mich unvermittelt noch einmal um und sah, wie der Polizist Tasse, Löffel und Untertasse in ein Plastiktütchen tat. Ich lächelte bewundernd. Darauf wäre ich wirklich nicht gekommen. Da würde ich ihn ja bald wiedersehen, wenn er fragte, wie meine Fingerabdrücke ins Haus der Sivieros kamen.

Eine bekannte Fernsehsendung, die sich vermissten Personen widmet, brachte einen langen und nutzlosen Beitrag über den Fall. Fragen und Hypothesen, keine einzige Antwort. Die beiden hatten sich in Nichts aufgelöst. Die Moderatorin versicherte den Zuschauern, dass weitergefahndet werde. Ich machte den Fernseher aus und ging ins Bett. Ich träumte von Clara. Einmal waren wir für ein Wochenende nach London geflogen. Enrico hatten wir bei seinen Großeltern gelassen. Am ersten Abend im Hotel war Clara in einem durchsichtigen Nachthemd aus dem Bad gekommen. »Ich möchte die ganze Nacht mit dir schlafen«, hatte sie gesagt und die Hand unter die Bettdecke gesteckt. Ich erwachte weinend.

Valiani erwartete mich, an meine Maschine gelehnt. Wie üblich rauchte er. Ich hatte das Rauchen aufgegeben, als ich in der Weinbranche begann. Der Rauch ruiniert den Gaumen.

»Mir ist aufgefallen, dass Sie seit ein paar Tagen nicht mehr Zeitung lesen«, sagte er.

»Vielleicht habe ich keine Lust.«

»Oder Sie wissen mehr als die Journalisten.«

Ich prustete. Valiani nervte allmählich. »Was wollen Sie schon wieder?«

»Die Fingerabdrücke in dem Haus sind Ihre, Signor Contin. In der Küche, in Wohn- und Schlafzimmer, im Bad. Und die Spurensicherung hat an der Decke eines Zimmers dunkle Spritzer gefunden. Alles andere war sauber, aber an den Wänden gab es Spuren von Klebeband, als ob jemand Planen damit befestigt hätte. Gegenwärtig werden die Spritzer analysiert. Es könnte sich um Blut handeln. In dem Fall würde die DNS analysiert, um zu sehen, ob es von einem der beiden Verschwundenen stammt.«

»Ich kann Ihnen nicht folgen.«

»Ich glaube doch. Und ich bin überzeugt, Sie ärgern sich, dass Sie etwas übersehen haben.«

»Und was soll das sein?«

»Das Blut an der Decke.«

»Falls es sich denn um Blut handelt.«

»Ich wette, das tut es. Jedenfalls würde es beweisen, dass Oreste und Daniela in diesem Zimmer umgebracht wurden, mit einer Heftigkeit, die den Gebrauch einer Klinge oder einer stumpfen Schlagwaffe nahelegt, die von oben nach unten geführt wurde. Oft und ausgesprochen heftig. Wenn die Waffe wieder erhoben wurde, über den Kopf des Mörders, spritzte das Blut an die Decke.«

»Interessante Theorie.«

»Die bald zu einem Angelpunkt der Ermittlungen werden dürfte. Das klassische Puzzleteilchen, wie wir alten Polizeibeamten sagen. Es fehlen noch etliche, um die Ermittlung abzuschließen. Zum Beispiel haben die Sivieros sich am Tag ihres Verschwindens äußerst merkwürdig verhalten. Daniela ist vormittags nicht in der Wäscherei aufgetaucht. Oreste hingegen hat den Laden um halb ein Uhr mittags geschlossen, und danach ist keiner der beiden wieder gesehen worden. Sie hingegen, Signor Contin, haben laut den Daten ihrer EC-Karte kurz nach 14 Uhr zwei Flaschen Wein und eine Flasche Cognac erstanden. Erinnern Sie sich, was Sie davor und hinterher getan haben? Vor allem hinterher.«

»Ich habe den Nachmittag zu Hause verbracht.«

»Allein, nehme ich an.«

»Da irren Sie sich. Ich war mit einer Dame zusammen.«

»Hat diese Dame auch einen Namen?«

»Freilich. Ivana Stella Tessitore.«

Der Kommissar steckte den Schlag ein. Seine Theorie war gefährlich ins Wanken geraten. Aber er war keiner, der sich gleich geschlagen gab. »Und bis wann haben Sie sich mit dieser Dame unterhalten?«

»Das weiß ich nicht mehr. Fragen Sie sie selbst.«

»Das werde ich tun. Ich werde Ihnen etwas verraten, Signor Contin. Ich habe niemandem erzählt, dass die Fingerabdrücke im Hause Siviero von Ihnen stammen.«

»Sie halten verschiedene Informationen zurück, die mich betreffen. Warum?«

»Das würde den Justizapparat in Bewegung setzen. Sie erhielten einen Ermittlungsbescheid und nach aller Wahrscheinlichkeit vor Gericht gestellt werden. Aber es wäre ein reiner Indizienprozess, man würde Sie freisprechen, und wir stünden ganz dumm da. Schließlich waren Sie Opfer eines schrecklichen Verbrechens. Die Presse würde uns schlachten. Und ich bin nicht so sicher, dass ich Sie im Gefängnis sehen will. Es gibt auch eine andere Möglichkeit, die Situation zu lösen.«

»Ach ja?«

»Ich mache mir Sorgen um Sie. Sie wirken so unbeteiligt. Sind Sie sicher, dass es Ihnen gut geht?«

»Sie meinen, ob ich psychische Störungen habe? Das freut mich jetzt wirklich. Nach fünfzehn Jahren kommt zum ersten Mal jemand auf die Idee, sich diese Frage zu stellen.«

RAFFAELLO

Ich hab der Mutter schwer zugesetzt. »Sag mir die Wahrheit, bitte«, hab ich gesagt. »Egal, was du Dummes getan hast, ich bin dir nicht böse. Du bist der wichtigste Mensch in meinem Leben, und ich werde dich immer lieben.« Schließlich hat sie geredet. Verfluchte Scheiße, da hat sie was angerichtet, aber sie hat es nur gut mit mir gemeint. Die gute Frau, ich hab sie tausend Mal küssen müssen, bis sie sich wieder beruhigt hat. Aber es stimmt, ohne Contins Brief wäre ich nie rausgekommen. Nur, jetzt bin ich draußen und trotzdem gefickt. Wenigstens sehe ich jetzt klar. Oreste hatte das Geld und den Pass für meine Flucht bereit. Contin hat das erfahren und Siviero erpresst, entweder hat er ihn in die Flucht getrieben oder er hat ihn und die Frau um die Ecke gebracht. Anders kann es nicht sein. Aber wird ein Normalverbraucher wie dieser Contin zwei Christenmenschen umbringen? Der ist nicht so wie ich. Und ich, wenn ich damals nicht bis oben zugekokst gewesen wäre, da hätte ich doch nie im Leben abgedrückt. Vor allem muss ich herausfinden, wo mein Geld ist. Wenn Oreste abgehauen ist, hat er es mitgenommen, aber in dem Fall müsste er sich eigentlich bald melden und mir wenigstens einen Teil zukommen lassen. Er weiß gut, dass ich keine Zeit zu verlieren habe. Wenn aber Contin es hat, dann hat er es sicher nicht den Bullen gegeben. Nur eins verstehe ich nicht. Warum ist Contin nicht gleich zu Valiani gelaufen und hat ihm alles erzählt? Vielleicht wollte er die Rache selbst in die Hand nehmen. Dann hat Contin beide gerichtet, als Henker. Aber Oreste ist doch gewieft. Ich kann mir nicht vorstellen, dass er sich von so einem wie Contin reinlegen lässt. Ein paar Tage warte ich noch, und wenn mein Kumpel sich nicht meldet, gehe ich mal hin und rede ein Wörtchen mit dem untröstlichen Witwer, denn dann muss er mir das Geld geben. Klare Sache. Ich erpresse ihn. Ich habe der Mutter und mir selbst geschworen, kein Verbrechen mehr zu begehen. Aber das hier ist eine Notlage. Contin ist wohlhabend. Der muss einfach gut was auf der Bank haben. Wir sind hier schließlich im Nordosten. Hier hat jeder brave Bürger ein Scheißkonto bei der Bank. Und wenn er die Kröten nicht rausrückt, dann verpfeife ich ihn bei Valiani. Scheiße, fünfzehn Jahre lang habe ich geschwiegen, und jetzt bin ich bereit, ein Arschloch sofort zu verkaufen. Aber ich denke, das wird nicht nötig sein. Mehr als zu bluffen brauche ich nicht. Ich bin einfach kein Verräter.

SILVANO

Ich schaute gerade das Promi-Quiz im Fernsehen an und versuchte, die Hackfleischbällchen in Soße von der Metzgerei zu verdauen, da klingelte es an meiner Tür. Unwillig stand ich auf, um zu öffnen. Die meisten Fragen konnten die Promis nicht beantworten, aber geschickt machten sie aus ihrer Ahnungslosigkeit eine Show. Das war lustig. Als ich feststellte, dass es Ivana Stella war, ärgerte ich mich schon nicht mehr so über die Unterbrechung. Der Abend versprach noch interessant zu werden.

»Wie, um diese Zeit kommst du?«, fragte ich. »Hat deine Tochter dich gehen lassen?«

Signora Tessitore war nicht zu Scherzen aufgelegt. »Ich komme aus dem Polizeipräsidium, nicht von zu Hause. Ein gewisser Kommissar Valiani hat mich einbestellt, um zu erfahren, ob ich einen bestimmten Nachmittag mit dir verbracht habe. Wie konntest du mich nur so demütigen?«

Ich goss ihr ein Glas Cognac bis zum Rand ein. »Ich brauchte ein Alibi. Dieser Polizist verdächtigt mich, dass ich etwas mit dem Verschwinden der Sivieros zu tun haben könnte.«

»Ich weiß. Er hat mich gefragt, ob ich sie kenne oder du über sie geredet hast. Wie kannst du dir erlauben, mich da mit hineinzuziehen. Diese Schande! Ich musste zugeben, dass wir eine sexuelle Beziehung haben.«

»Dann hast du ja die Wahrheit gesagt. Und jetzt mach nicht so ein Theater darum, es ist ja nichts Schlimmes passiert.«

»Für dich vielleicht nicht. Ich habe sehr intime Fragen beantworten müssen.«

»Zum Beispiel?«

»Valiani hat gefragt, wann und wie wir uns kennengelernt haben und ob das das erste Mal war, dass ich bei dir war. Und vor allem, ob du mich darum gebeten hattest.«

Schlau, der Kommissar. Er ahnte, dass ich Ivana Stella als Alibi benutzt hatte. »Was hat er sonst noch gefragt?«

»Warum? Genügt das nicht?«

»Für eine, die den Umgang mit Häftlingen gewohnt ist, regst du dich ja ganz schön auf. Du müsstest wissen, wie das Milieu funktioniert.«

»Dein Ton gefällt mir nicht. Statt dich zu entschuldigen, dass du mich in so eine peinliche Situation gebracht hast, verspottest du meine ehrenamtliche Tätigkeit.«

»Was denn Tätigkeit? Du bist frustriert und tust Gutes, um deinem Leben einen Sinn zu geben, nachdem deine Ehe eine Pleite war.«

»Ich gestatte dir nicht, so mit mir zu reden.«

»Halt den Mund. Du hast deinen Gatten nicht halten können, weil du einen Mann nicht befriedigen kannst. Und jetzt genügen die Häftlinge dir nicht, und du hast angefangen zu saufen.«

»Du bist gemein. Ich habe gedacht, du liebst mich.«

»Zieh dich aus, dann wirst du sehen, wie ich dich liebe.«

Sie nahm ihre Handtasche und ging zur Tür. »Ich gehe.«

»Wenn du jetzt durch diese Tür gehst, siehst du mich nie wieder.«

Sie zögerte kurz. »Ich bleibe nur, wenn du anders mit mir umgehst.«

»Natürlich. Ich will jetzt nur eins, nämlich Sex.«

»Ich nicht.«

»Gut, da ist die Tür.«

»Bitte behandele mich nicht so!«

»Und du stiehl mir nicht die Zeit.«

Sie ging zurück zum Sofa und goss sich noch einen Cognac ein. »Lass uns reden, Silvano.«

»Nachher. Jetzt zieh dich aus.«

»Nein. Ich will wissen, was du mit dem Verschwinden der Sivieros zu tun hast.«

»Das geht dich nichts an.«

»Kannst du mir mal sagen, warum du so aggressiv zu mir bist?«

Ich sprang auf, holte das Lexikon und blätterte darin, bis ich das Gesuchte gefunden hatte. »Die Strafe«, las ich laut vor, »ist eine durch ein Gericht auferlegte Buße, mit der eine Gesetzesübertretung geahndet wird. Ihr Maß richtet sich nach deren Schwere. Synonyme: Bestrafung, Sanktion ... Verstehst du? Das Gefängnis ist ein Ort zur Bestrafung, an dem bestimmte Regeln gelten, die Häftlinge haben Rechte und Pflichten. Nirgends steht geschrieben, dass Trost zur Strafe gehört. Trost gebührt den Opfern.«

Ich hatte geschrien, vor Wut zitternd. Ivana Stella sah mich entsetzt an. Ich nahm die Fotos von Clara und Enrico aus der Schublade und warf sie ihr hin. »Da, schau dir ihre ausgeweideten Leiber an. Nach der Autopsie werden die Organe durcheinander wieder reingeschmissen, und dann wird mit einem dicken Nylonfaden zugemacht. Kein Mensch hat mich jemals hierfür getröstet. Die Trostworte sind nie an das herangekommen, was du hier siehst. Und das kränkt dich und zermartert dir die Seele, bis du irre wirst vor Schmerz. Und vor Wut.«

Atemlos verstummte ich. Ivana Stella war bestürzt. »Beruhige dich doch, Silvano, ich verstehe ja ...«

»Gar nichts verstehst du«, unterbrach ich sie. »Sonst wärst du nicht auf der Seite der Häftlinge, sondern auf der der Opfer.«

»Das Gefängnis macht die Menschen schlimmer, als sie sind«, sagte sie ruhig. »Wir versuchen, den Häftlingen zu helfen, dass sie ihre Fehler erkennen, damit sie keine Verbrechen mehr begehen, wenn sie wieder in Freiheit sind. Das ist alles.«

»Und wir?«

»Die Opfer haben durch den Prozess Gerechtigkeit erfahren. Dafür gibt es das Gesetz. Der Staat kann dir nicht helfen, deine Trauer zu bewältigen, das können nur andere Menschen. Auch darum habe ich deine Nähe gesucht. Vor allem aber, weil ich mich in dich verliebt hatte. Ich dachte, du bist jemand Besonderes, aber in Wirklichkeit bist du nur verzweifelt und falsch.«

Sie stand auf und nahm ihre Tasche. »Du hast mich benutzt, ausgenutzt. Ich hoffe nur, dass du nicht tatsächlich etwas mit den beiden Vermissten zu tun hast.«

»Vielleicht werde ich ja einer von deinen Schützlingen.«

Sie seufzte. Jetzt wirkte sie älter und erschöpft. »Lass dir helfen, Silvano. Vielleicht ist es dafür ja noch nicht zu spät.«

Ich war enttäuscht. Es war mir nicht gelungen, Ivana Stella zu bestrafen, nur, sie zu betrüben. Sie hatte mir die Stirn geboten, ich hingegen hatte mich mit meinen sexuellen Gemeinheiten lächerlich gemacht. Ich hatte mich vergessen und ihr die Fotos von der Autopsie gezeigt. Das hätte ich nicht tun dürfen. Schon aus Respekt vor Clara und Enrico nicht.

Ich nahm die Brandyflasche hervor, setzte mir den Kopfhörer auf und hörte die Lieder der Pooh, die Clara so geliebt hatte. Meine Frau, meine Liebste, die Mutter meines Sohnes. Ich versuchte, nicht betrunken zu werden, aber irgendwann streckte der Alkohol mich nieder wie ein gut gezielter Schlag.

Am nächsten Morgen wachte ich auf, das Gesicht voll festgetrocknetem Erbrochenen. Bevor ich duschen ging, musste ich den Boden putzen.

Als ich »Absatz-Blitz« aufmachen wollte, wartete Valiani schon auf mich. Er wollte, dass ich die Nerven verlor, aber ich war nicht einer von seinen üblichen Kunden.

»Ich habe ein bisschen nachgedacht«, sagte er und fischte sein Feuerzeug aus der Manteltasche. »Ich denke, Oreste Siviero hatte den Anteil seines Komplizen an der Beute bereit. Und wissen Sie, wie ich darauf komme? Ich habe die Verhöre von vor fünfzehn Jahren wieder gelesen. Beggiato hat immer gesagt, er kann den Namen seines Komplizen nicht angeben, denn der hebt für ihn das Geld auf. Und das hat er wirklich getan. Er hätte Beggiato nie betrogen, denn der hätte ihn sonst verraten.«

»Faszinierende Theorien, wie immer, Herr Kommissar. Aber was stellt ein armer Krebskranker mit so einem Haufen Geld an? Er hat doch nur noch kurze Zeit zu leben.«

»Arm zu sterben ist eine Sache, steinreich zu sterben schon eine ganz andere. Außerdem muss man die Denkweise der Häftlinge kennen. Beggiato hängt seit fünfzehn Jahren an diesem Traum vom Geld. Die Vorstellung, darüber verfügen zu können, und sei es auch nur kurze Zeit, gibt ihm Hoffnung.«

»Sie reden, als wären Sie sicher, dass es dieses Geld überhaupt gibt.«

»Eine Sicherheit, die auf Beweisen fußt, mein lieber Contin. In den Anruflisten der Wäscherei hat sich die Nummer eines bekannten Hehlers im Tessin gefunden, der auch für die Mafia den Geldwechsler spielt.«

»Geldwechsler?«

»Stellen Sie sich vor, Sie müssten sehr schnell eine sehr hohe Summe Euros tauschen. Er behält zehn Prozent als Provision ein und tauscht sie Ihnen in Dollar oder andere Währung. In diesem Fall waren es Dollar. Das haben meine Kollegen in Lugano bestätigt.«

»Und ich wette, Sie haben auch dieses Detail Ihren Kollegen bislang verschwiegen.«

»Ganz genau. Ich bin sicher, dass diese schönen knisternden Dollarchen sich jetzt bei Ihnen befinden. Sie wären mir als Aufbesserung meiner Pension hochwillkommen.«

»Irre ich mich oder schlagen Sie mir ein Geschäft vor?«

»Das beste Ihres Lebens. Mein Schweigen gegen das Geld.«

»Sonst verhaften Sie mich?«

»Der Richter würde die Beweislage ganz gewiss als für einen Haftbefehl genügend ansehen. Blut und Fingerabdrücke, das sieht doch hässlich aus.«

»Ich bezweifle, dass Sie damit ein Gericht überzeugen könnten. Sie haben keine Leichen, vielleicht hat es gar keinen Mord gegeben.

Am Ende hat Siviero das Ganze inszeniert, um mit Beggiatos Geld abzuhauen.«

»Neben dem Blut hat die Spurensicherung an der Zimmerdecke auch Spuren von Hirnmasse nachweisen können. Es besteht kein Zweifel mehr, dass es sich um einen Doppelmord handelt. Jetzt suchen wir zwei Leichen. Das können Sie morgen in der Zeitung lesen.«

»Und wann sollen Siviero und seine Frau ermordet worden sein?«

»An dem Tag, seit dem sie vermisst werden.«

»Aber da habe ich ein Alibi.«

»Signora Tessitore hat sich am Nachmittag mit Ihnen unterhalten. Sie können den Mord ohne weiteres kurz davor oder direkt danach begangen haben. Wir bräuchten nur die Leichen, um den Todeszeitpunkt näher zu bestimmen. Aber ich gebe zu, Ihr sogenanntes Alibi könnte der Anklage gewisse Schwierigkeiten bereiten.«

»Das denke ich auch. Ausgerechnet am Tag eines vorsätzlich geplanten Doppelmordes hat doch ein ehrlicher Bürger kein amouröses Stelldichein.«

»Die anderen Beweise sind so tragfähig, dass es jedenfalls zu einem Prozess kommen würde.«

»Ich glaube kaum. Ich bin Silvano Contin, der Mann, dessen Frau und Sohn ermordet wurden.«

»Und Sie denken wirklich, das macht Sie unantastbar? Sie sollten gut über meinen Vorschlag nachdenken. Er ist Ihr einziger Ausweg.«

Ich sah ihm hinterher, wie er mit schlurfenden Füßen davonging. Der linke Absatz war stärker abgetreten als der rechte. Typisch für Leute mit Ischiasbeschwerden. Schuhe verraten eine Menge über ihren Träger. Vor allem über Lebensstandard und soziale Stellung. Valianis Schuhe, ein Paar schwarze Lackslipper, hatten höchstens vierzig Euro gekostet. Er hatte recht: Etwas Geld konnte er sicher gebrauchen.

RAFFAELLO

Ich war schon ein paar Tage draußen und hatte noch nicht gevögelt. Der reinste Witz. Ich dachte schon, das liegt daran, dass ich im Knast so viel gewichst hab. So viele geile Bräute überall, ich hatte fast den ganzen Tag einen Harten. Ich brauchte eine Frau. Sofort. Ich hatte Angst, dass die Chemo meinen Schwanz kaputt macht. Weil ich kaum Geld hatte, bin ich zu Giorgia Valente gegangen. Zu ihr nach Hause, nicht in die Wohnung, wo sie arbeitet. Schlimmstenfalls würde sie mich zum Teufel schicken. Als sie aufmachte, bin ich erstarrt. Scheiße, hat die sich verändert. Das Mädchen von vor fünfzehn Jahren ist fett und hässlich geworden. Das Leben hat ihr nichts Gutes gebracht. Das älteste Gewerbe der Welt, das auch das schwierigste ist. Wenn du nicht mit Glück einen Freier findest, der dich heiratet, oder wenn du nicht geschickt mit dem Kapital zwischen deinen Beinen kalkulierst, lebst du von der Substanz, und irgendwann bleibt dir nichts. Weder kannst du deine Rente genießen noch überhaupt denken, dass dein Leben einen Sinn gehabt hat. Alte, verzweifelte Nutten hab ich eine Menge gekannt. Giorgia stand dasselbe bevor.

»Du siehst ja immer noch verdammt gut aus«, hab ich gestottert, ich wollte nett zu ihr sein, und sie hat mich umarmt und auf die Wangen geküsst. »Du Lügner«, hat sie gesagt. »Du bist immer ein großer Lügner gewesen, aber ich freue mich, dich zu sehen.« Dann hat sie mir einen Whisky angeboten und sofort von Silvano Contin erzählt. Sie hält ihn für einen gefährlichen Irren. Und sie kennt sich mit Männern aus. Verdammte Scheiße, ob er jetzt verrückt ist oder gesund, das Geld muss Contin rausrücken. Als das Thema beendet war, hat sie gefragt, ob ich schon eine Frau gehabt hatte. Ich hab den Kopf geschüttelt. Und sie dann: »Na, dann werd ich mich mal darum kümmern.« Ich hab nicht so gewusst, was tun, wie sollte ich ihr sagen, dass ich kein Geld habe, um sie zu bezahlen. Sie hat mich angelächelt und geflüstert, ich solle mir mal keine Sorgen machen, dann hat sie mich zum Bett gezogen und die ganze große Nummer durchgezogen: Mund, Fotze, Arsch. Hat sich benommen, als ob sie zu mir gehören würde. Wirklich Zucker. Hat mir liebe Sachen ins Ohr geflüstert, und ich war glücklich. Eine Superfrau, die Giorgia. Sie hat gemerkt, dass ich nicht nur einen Fick brauchte, sondern vor allem die Wärme einer Frau. Am Ende bin ich in ihren Armen eingeschlafen, und als ich die Augen wieder aufgemacht hab, hat sie mich angelächelt. Wirklich gelächelt. Und da hab ich geflennt. Zum ersten Mal seit fünfzehn Jahren. Sie hat mich getröstet. »Du schläfst heute Nacht hier«, hat sie gesagt und ist aufgestanden, um Abendessen zu machen. Wir haben sogar ferngesehen wie ein echtes Paar. Am nächsten Morgen hat sie mich mit Kaffee geweckt, und dann haben wir es nochmal miteinander getrieben. Als ich rausging, ins Krankenhaus, fühlte ich mich leicht, der Knast und der Tod waren etwas weiter weg als sonst. Ich war ganz sicher, das würde ein guter Tag werden. Aber das haben sie mir im Krankenhaus gleich wieder versaut, sie haben gesagt, morgen soll die Chemo losgehen. Eine Schwester hat ganz zufrieden gesagt, dass mir die Haare ausfallen werden, ihre Kollegin, dass ich mir die Seele aus dem Leib kotzen werde. Und die Erste darauf, wieso, der hat doch keine Seele. Zwei junge, hübsche Schlampen. Ich hab das schlucken müssen, ohne was zu sagen. Hätte ihnen gern in den Arsch getreten, aber die würden sich ja rächen. Verdammte Scheiße, hab ich eine Angst vor der Chemo. Oreste seh ich nie wieder, ich brauch wirklich das Geld von Contin, sonst steh ich schlecht da. Wenn ich es habe, lache ich auch dann, wenn ich mich ratzekahl im Spiegel sehe. Als ich nach Hause zurückging, kam Valiani an. Ich hab zu dem Drecksack ins Auto steigen und eine Runde drehen müssen. Hat mir wieder jede Menge Fragen über Contin gestellt. »Ich weiß nichts, was soll ich Ihnen da sagen?« Aber er hatte es die ganze Zeit mit meinem Anteil, wollte wissen, wann und wo ich mit Siviero verabredet war. Aber ich hab weiter geleugnet. Dann ist ihm noch der Name vom Hehler unseres Vertrauens rausgerutscht. Jetzt war ich ganz sicher. Oreste wollte mir meinen Anteil geben. Der Bulle redete weiter, aber ich hab nicht mehr zugehört. Ich dachte nur, morgen geh ich nicht zur Chemo. Ich will Contin doch nicht vollkotzen, wenn ich das Geld von ihm verlange.

SILVANO

»Ich hab Ihnen was zu lesen mitgebracht«, sagte Valiani und legte mir die Zeitung aufgeschlagen auf den Tresen.

Ich warf einen Blick auf den Artikel, der die gesamte Seite einnahm: »Daniela Borsatto und Oreste Siviero in ihrem Haus ermordet. Ermittler gehen von brutalem und vorsätzlichem Verbrechen aus. Rätselraten um Motiv. In Stadt und Provinz Suche nach den Leichen.«

»Haben Sie über meinen Vorschlag nachgedacht?«, fragte der Kommissar.

Ich zuckte nur mit den Schultern. Jedes Wort konnte ein Wort zu viel sein.

»Ich kann nicht mehr lange warten, ich muss dem Richter alles vorlegen«, fuhr der Polizist fort. »Heute ist Donnerstag, ich komme Montag früh wieder. Das ist dann Ihre letzte Chance. Geld oder Knast.«

Ich hatte nicht die geringste Vorstellung, was ich tun sollte. Die Ereignisse entglitten mir und trieben mich immer noch mehr in die Dunkelheit, die meinen Geist einhüllte. Vielleicht war es das Beste, sich Valianis Schweigen zu erkaufen und sich so weiteren Ärger zu ersparen. Trotzdem, die Vorstellung gefiel mir nicht. Dass der Polizist korrupt war, war eine üble Erkenntnis, schwer zu verdauen. Allzu lange hatte ich mein Vertrauen auf den falschen Beamten gesetzt.

Das Nachdenken machte mich schwindlig, mir wurde etwas übel. Vielleicht die Nachwirkung des gestrigen Rausches. Ich begann zu arbeiten und fühlte mich sofort besser. Ein Absatz, eine Sohle, ein Schlüssel. Nägel, Hammer, Bürste, Fräse. Meine Hände hantierten sicher, ich beobachtete sie zufrieden.

Abends machte ich etwas früher zu und ging einkaufen. Einmal bemerkte ich den Kommissar, der mir von fern folgte. Ich war versucht, zu ihm hinzugehen und ihm zu sagen, ich hätte beschlossen, ihm das Geld zu geben. Aber das Nachdenken fiel mir immer noch zu schwer. Ich gab es auf, denn jetzt musste ich Würstchen aussuchen und wollte nicht denselben Missgriff tun wie neulich und Hühnerwürstchen kaufen. Ich packte mir eine schöne Auswahl Tiefkühlkost in den Einkaufswagen und ging zur Kasse.

»Sie sind sicher Single«, meinte die Kassiererin, als sie die Waren am Lesegerät vorbeiführte. »Alles Fertiggerichte.«

»Tja, wenn man allein ist und nicht kochen mag …«

»Getrennt?«

»Verwitwet.«

»Oh, entschuldigen Sie, ich wollte nicht …«

»Macht nichts, kein Problem.«

»Wissen Sie, ich sage das nur, weil ich jetzt selbst angefangen habe, diese Sachen zu essen.«

»Da haben Sie Glück, vor ein paar Jahren war das noch ein mieser Fraß.«

Sie blickte mich merkwürdig an, hatte nicht verstanden, was ich damit sagen wollte. Aber sie hatte wirklich Glück. Mittlerweile waren die Supermärkte voll mit Single-Gerichten, früher gab es nur Weniges, und das war von jämmerlicher Qualität. Ich hatte jetzt fünfzehn Jahre Erfahrung damit und erinnerte mich nur zu gut an die Dosenravioli in einer derart sauren Soße, dass es einem das Gedärm verdrehte. Oder die ersten Packungen mit Tiefkühl-Cannelloni oder -Lasagne. Die Nudeln waren wie aus Sägemehl, man brauchte einen geschlagenen Tag, um sie zu verdauen. Mittlerweile waren Singles ein großer Markt geworden und verdienten entsprechende Aufmerksamkeit. Bis ich zu Hause war, dachte ich über die Entwicklung der Fertiggerichte nach. Ein gutes Zeichen. Mein Geist fing langsam wieder an zu funktionieren. Dann und wann tauchten in der Dunkelheit Orestes und Danielas Gesichter auf und erschreckten mich, aber sie verschwanden fast gleich wieder.

Ich war überrascht, aber nicht panisch, als Beggiato seelenruhig auf meinem Sofa saß. Sein Gesichtsausdruck verriet, dass er keine bösen Absichten hegte. Auf seinen Beinen lag dieselbe Zeitung, die mir Valiani gebracht hatte.

»Wie bist du hier reingekommen?«

Er zeigte mir einen Dietrich. »Dein Schloss ist Schrott. Lass das lieber auswechseln, bevor die Zigeuner dir die Wohnung ausräumen.«

Ich stellte die Tragetaschen auf den Küchentisch. »Was willst du?«

»Wie fühlt es sich an, ein Mörder zu sein?«

»Sag du mir das.«

»Oreste kalt machen, das versteh ich ja noch. Aber was hatte seine Frau damit zu tun?«

Die Worte sprudelten aus mir heraus. »Sie war seine Komplizin, sie stand auf seiner Seite. Sie hat sich sogar in den Arsch ficken lassen, um ihn zu retten.«

»Vielleicht hat sie ihn geliebt, fertig.«

»Bestien waren das. Genauso wie du.«

»Aber warum hast du es getan?«

»Gerechtigkeit.«

»Aha, du bist ein Henker à la Charles Bronson.«

»Ich habe mein Recht ausgeübt.«

»Ist dir klar, dass das gewöhnlicher Mord war?«

»Du bist hier der Mörder. Ich ein Henker.«

»Du bist verrückt und ich ein Idiot. Das ist alles meine Schuld.«

»Was sagst du da?«

»Deine Frau und deinen Sohn habe ich erschossen, nicht Oreste. Du hast ihn wegen nichts und wieder nichts umgebracht.«

»Aber du hast es immer auf ihn geschoben.«

»Das ist was anderes. Ich habe einem Phantom die Schuld gegeben, um kein ›lebenslänglich‹ zu kassieren.«

»Trotzdem, ihr wart Komplizen. Die Strafe ist dieselbe, steht so im Gesetz.«

Der Mörder grinste mir frech ins Gesicht. »Willst du mich jetzt auch umbringen?«

»Nein. Dafür sorgt schon der Krebs. Und das wird schlimmer. Du bekommst genug Gelegenheit, das Dunkel zu sehen. Wie meine Clara. ›Es ist alles so dunkel, ich habe Angst‹, das hat sie gesagt, bevor sie gestorben ist.«

»Mach dir keine Sorgen. Ich scheiß mich jetzt schon voll vor Angst.«

»Denk ja nicht, du tust mir leid.«

Beggiato ballte die Fäuste, beherrschte sich aber. »Wie hast du sie umgebracht?«

»Erschlagen, mit einem Hackenstiel.«

»Wie räudige Hunde.«

»Genau. Wie Hunde.«

»Und die Leichen?«

»In der Müllkippe vergraben, bei der Umgehungsstraße.«

Beggiato sagte eine Zeit lang nichts. »Ich kann mir überhaupt nicht vorstellen, dass ein Normalo wie du so etwas derart genau planen kann.«

»Clara hat mich geleitet.«

»Clara?«

»Meine Frau.«

Er sprang auf. »Du bist ja wirklich verrückt! Du klingst ganz wie der eine Halbirre im Knast.«

»Hör auf mit dem Quatsch und erzähl mir, was du willst.«

»Das Geld.«

»Da hat Valiani schon die Hand drauf.«

»Was hat der Bulle damit zu tun?«

»Er hat alles durchschaut. Oder fast. Er erpresst mich. Er will das Geld bis Montag, sonst schaltet er den Richter ein.«

Beggiato lachte laut heraus. »Du bist nicht nur verrückt, sondern auch ein Idiot. Dieser Kommissar ist nicht bestechlich, das Arschloch hat noch nie im Leben Geld genommen. Er lockt dich in eine Falle, du sollst ihm den letzten Beweis liefern.

»Vielleicht hast du recht. Aber du kriegst das Geld nie im Leben.«

»Und ich gehe direkt zum Richter und erzähle alles, was ich weiß.«

»Lass dich nicht hindern. Dann steht mein Wort gegen das eines Lebenslänglichen.«

Beggiato zündete sich eine Zigarette an. Dann goss er sich ein Glas Brandy ein. »Ich könnte dich nie anzeigen. Ich bin kein Verräter«, sagte er resigniert. »Aber trotzdem bist du am Arsch, du Sack von Henker. Wie willst du da rauskommen? Valiani treibt dich in die Enge.«

»Das geht dich nichts an.«

»Ich glaube, wenn du im Knast sitzt, wirst du nicht viel Freude an meinem Tod haben. Du hast nicht die geringste Vorstellung davon, was dich erwartet.«

»Kein Richter wird es wagen, mich zu verurteilen.«

»Wach endlich auf, die verurteilen sogar Unschuldige ... Du brauchst jedenfalls einen guten Anwalt. Wenn du Glück hast und auf seelischer Ausnahmezustand anerkannt wird, kommst du vielleicht mit zwölf, vierzehn Jahren weg«, sagte er auf dem Weg zur Tür. »Mach's gut, du Arsch«, das war sein Abschiedsgruß.

Ich warf das Glas, aus dem der Mörder getrunken hatte, in den Müll, zog den Bezug vom Sofa, auf dem er gesessen hatte, und steckte ihn in die Waschmaschine. Dann legte ich mich aufs Bett und dachte nach. Die Täter von damals waren kein Problem mehr. Jetzt musste ich sehen, wie ich mit der Justiz klarkam. Falls Beggiato recht hatte und Valiani tatsächlich nicht korrupt war, dann bedeutete das, dass er nichts weiter in der Hand hatte als die Einzelheiten, die er mir bei unseren Gesprächen serviert hatte. Vielleicht genügten die, mich vor Gericht oder sogar ins Gefängnis zu bringen. Unter Claras Führung hatte ich mich bemüht, einen perfekten Plan auszudenken, der mir alle Unannehmlichkeiten mit den Ermittlern ersparen würde. Trotzdem hatte ich ein paar Fehler gemacht, und die waren Valiani aufgefallen. Ich ließ Fakten und Möglichkeiten Revue passieren. Am Ende beschloss ich, Beggiatos Urteil zu vertrauen und dem Kommissar das Geld nicht zu geben. Und ich würde mich niemals gegen etwas verteidigen. Diese Vorwürfe waren so absurd, dass sie keine Aufmerksamkeit verdienten. Ich würde Polizisten und Ermittlern nicht antworten. Das Schweigen sollte meine Waffe sein, es würde verhindern, dass ein Gericht Gerechtigkeit mit Mord verwechselte. Ich fühlte mich unbeschwert und schlief ein. In meinen Träumen sah ich Clara, die mit Enrico Fahrrad fuhr. Sie lächelten. Dann fuhren sie an mir vorbei, ohne mich zu sehen.

RAFFAELLO

Heute ist Montag. Montag, Scheißtag. Auch in der Freiheit. Ich muss die Straße überqueren, aber ich kann mich nicht entschließen. Ich rauche noch eine, dann gehe ich. Ich habe beschlossen, dieser Geschichte ein für alle Mal ein Ende zu setzen. Verdammte Scheiße, was für ein Durcheinander. Alles meine Schuld. Ich hab überhaupt nichts begriffen. Hab alles versaut. Hatte fünfzehn Jahre Zeit zum Nachdenken, aber nur Scheiße im Hirn. Contin ist verrückt geworden. Giorgia hat recht, er ist ein gefährlicher Irrer. Eiskalt war mir, als ich bei ihm raus bin. Als wäre ich tot. Das Stück Scheiße sagt seelenruhig, dass er Oreste und seine Frau erschlagen hat, von seiner Clara »geleitet«. Nur dass die tot und begraben ist. Ich erinnere mich nur zu gut daran, wie ich ihr in den Bauch geschossen hab. Mit einem Hackenstiel erschlagen hat er die beiden. Ein Monster. Das ist er geworden. Diese Geschichte muss ein Ende haben, ein für alle Mal. Vier Tote wegen einem Raubüberfall, das ist zu viel, viel zu viel. Jetzt rauche ich fertig, gehe da drüben rein und sage »Schluss«. Stopp, basta. Ich muss das tun. Ich bin der Einzige, der verhindern kann, dass diese Sache ewig weiterläuft. Nach dem Treffen mit Contin, diesem Haufen Dreck, da hab ich angefangen nachzudenken. Bin quer durch die ganze Stadt gelaufen und hab versucht, mein Hirn wenigstens dieses eine Mal zum Funktionieren zu bringen. Am Ende war alles klar. Ich bin zu Giorgia gegangen, hab ihr erzählt, dass ich ans Meer fahren möchte. Sie hat alles verstanden. Nutten können lesen, wie es in einem drin aussieht. Am nächsten Morgen hat sie sich angezogen wie eine feine Dame, mich in ihr Auto gesetzt und ist mit mir an die Küste gefahren. Alles voller Hotels, die meisten in dieser Jahreszeit kaum besucht. Dann haben wir ein Zimmer genommen, an einem hübschen Ort. Elegant und diskret. Ich wollte gleich an den Strand, aber Giorgia hat gesagt, sie will erst Liebe machen. Genau das hat sie gesagt. Nicht ficken, vögeln, einlochen. Liebe machen. Sie begehrt mich. Da sind mir wieder die Tränen gekommen, und sie hat sie mir vom Gesicht geleckt. Dann hat sie mich bestiegen und langsam mit ihrem großen Hintern gewackelt und mir Wörter zugeflüstert, die haben mir im Herzen wohlgetan. Später sind wir am Strand spazieren gegangen, Hand in Hand. Ich bin immer wieder stehen geblieben und hab in die Ferne geschaut, um meine Augen mit Leben und Freiheit zu füllen, und dann hat sie mich immer ganz fest umarmt. Wie immer hatte ich keinen müden Heller in der Tasche, aber Giorgia hat sich um alles gekümmert. Nachmittags ist sie mit mir in einen Laden und hat mich eingekleidet, von Kopf bis Fuß. Und zum Abendessen sind wir in ein Luxusrestaurant. Da war auch einer aus dem Fernsehen, der aß da mit einer Wahnsinnsbraut. Wir haben Champagner getrunken. Jede Menge. Wenn ich mich umschaute, sah ich nur Reichtum und fröhliche Leute. Mich zerfraß der Krebs, auch genau in diesem Moment, und wenn mir die vier Leichen einfielen und Contin, dieser Verrückte, kam mir das alles so unwirklich vor. In manchen Momenten war mir, als wäre ich einer wie die anderen. Giorgia plauderte die ganze Zeit. Aber keine hässlichen Themen. Sie redete wie eine Ehefrau. Ich weiß nicht, hat sie nur so getan, oder hat sie diese Reise ans Meer auch genossen und den Ekel ihres ganzen Lebens hinter sich gelassen. Ich weiß es nicht. Ich weiß nur, wenn ich sterbe, dann werde ich an sie denken. Abends im Bett hat mein Schwanz nicht funktioniert. Zu viel Champagner. War mir furchtbar peinlich, wie sieht das denn aus. Aber sie hat gesagt, ich soll mir nichts draus machen. Hat mich in den Arm genommen wie ein Kind, und am Morgen hatte ich einen steinharten Ständer. Giorgia hat angefangen mich zu lutschen, da hab ich noch geschlafen. Kinder, was für ein Aufwachen! Unter der Dusche bin ich ein bisschen traurig geworden, hab gedacht, wenn ich diese Frau und ihr

Kind nicht umgebracht hätte, dann hätte ich immer mit Giorgia zusammen sein können. Samstagabend sind wir tanzen gegangen. Gesellschaftstanz. Ich hatte alle Schritte vergessen und hab mich angestellt wie ein Tanzbär. Wir haben gelacht. Und getrunken. Nächsten Morgen sind wir nochmal an den Strand. Da hab ich mir Schuhe und Strümpfe ausgezogen und bin mit den Füßen ins Wasser. Es war eiskalt. Aber ich spürte nichts. Vor mir nur Meer und Himmel. Ich ging einfach los, bis Giorgia mich an der Schulter packte. »Wo gehst du hin, Amore?«, fragte sie, und erst da hab ich bemerkt, dass ich schon bis zur Hüfte drinstand.

Und da hab ich ihr erzählt, was ich vorhatte.

»Warum?«, hat sie gefragt.

»Ist schwer zu erklären. Ich erzähl dir das auch nur, weil ich nicht will, dass du schlecht von mir denkst.«

Erst spätnachts sind wir zurückgefahren, und ich war ganz schwer vor Traurigkeit. Sie wollte, dass ich bei ihr schlafe, aber ich musste mich doch von der Mutter verabschieden. Giorgia hat angefangen zu weinen, hat mich auf die Stirn geküsst und ist abgezogen, ihre Freier warteten schon. Heute ist Montag. Ein Scheißtag. Die Zigarette ist zu Ende, ich muss mich entscheiden. Bevor ich los bin, hab ich die Mutter umarmt. Und auch sie hat geweint. So, jetzt reicht's mir aber, jetzt gehe ich rüber.

SILVANO

Den ganzen Sonntagvormittag war ich auf dem Friedhof und habe die Gräber gepflegt. Es war ein schöner Tag, die Sonne veranstaltete seltsame Lichterspiele zwischen den Grabsteinen und Marmorstatuen. Auf dem Weg nach Hause hielt ich beim Metzger und am Kiosk. Die Überschriften zum Siviero-Doppelmord gingen immer noch über fast die halbe Titelseite. Nichts Neues, nur die ewigen Interviews mit Verwandten und Nachbarn. Eine gut informierte »Quelle« hatte die Hypothese geäußert, es handele sich um einen von langer Hand geplanten Mord durch das organisierte Verbrechen. Ich putzte meine Wohnung, von oben bis unten, gegen Abend machte ich eine Tasche mit Kleidung, Schlafanzug, Zahnbürste und Zahncreme fertig. Dann ging ich schlafen. Ich war sehr müde.

Montag früh machte ich meinen Laden auf wie sonst auch. Die Tasche stellte ich unter den Tresen und bediente meine Kunden, während ich auf Valiani wartete. Aber er ließ sich nicht blicken. Nicht einmal nachmittags. Ich dachte, er würde abends auftauchen. Ich saß die ganze Nacht vorm Fernseher und wartete auf ihn, aber nichts. Ich war verblüfft. Beim Rasieren dachte ich dann, übers Wochenende hatte Valiani offenbar den Sinn dessen begriffen, was ich getan hatte. Aber da irrte ich mich. Das wurde mir klar, als ich die Zeitung zur Hand nahm. »Neue Entwicklung bei Doppelmord. Verdächtiger festgenommen.«

RAFFAELLO

Valiani, das Sackgesicht, hat mir erst mal einen fiesen Tritt vors Schienbein verpasst. »Was hast du dir da ausgedacht?«, hat er geschrien. »Nichts, Herr Kommissar. Ich stelle mich.« Und er ist nur noch wütender geworden, hat mich mit rotem Gesicht angebrüllt, Contin hat Oreste und seine Frau umgebracht. »Warum?«, hat er immer wieder gefragt. »Warum opferst du dich für ihn? Was hat das für einen Sinn? Dir muss doch klar sein, dass sie dich sofort wieder einbuchten und du im Haftkrankenhaus krepierst wie ein Hund!« Genau, wie ein Hund. Wie Oreste und Daniela. Den Grund hab ich ihm wirklich nicht nennen können, bis zum Abend habe ich mich dumm stellen müssen. Der Kommissar wollte Contin einkassieren, aber das konnte ich nicht erlauben. Sonst würde diese Geschichte unendlich weitergehen. Ich müsste vor Gericht als Zeuge aussagen, und dazu hab ich wirklich keine Lust mehr. In Wahrheit hab ich einfach Mitleid mit Contin. Ich habe eine Menge Lebenslängliche verrückt werden sehen, aus Hoffnungslosigkeit, und er war genau wie die. Es ist alles meine Schuld. Hab ihm Frau und Sohn erschossen, hab nicht den Mut gehabt, es zuzugeben, sondern es auf meinen Komplizen geschoben und Contin am Ende auch noch auf Orestes Spur gebracht. Ja, er tut mir leid, aber das kann ich doch Valiani nicht erklären. Das würde er nicht kapieren. Er denkt als Bulle. Die Guten draußen, die Bösen drinnen. Aber Contin ist nicht fürs Gefängnis gemacht, der würde da drin nicht überleben, der Wahnsinn würde ihn auffressen. Verrückte werden im Gefängnis nicht behandelt. Nicht mal in der Haftpsychiatrie. Und die Gefangenschaft macht sie noch wirrer im Kopf. Nein. Contin darf nicht in einer Zelle enden. Da würde ihn niemand retten. Und er hat ein

Anrecht auf eine zweite Chance. Die sie mir immer verweigert haben. Draußen kann er es schaffen. Da kann er sich bewusst werden, dass er ein Mörder ist, und sich zusammenreißen. Für ihn zu zahlen, das ist meine Art, Buße zu tun. Aber das hab ich dem Kommissar ja nicht erzählen können, trotz aller Ohrfeigen, die der mir verpasst hat. Er wollte, dass ich das Geständnis zurückzog. Am Ende hat er mich gefragt: »Und wie hast du sie umgebracht?« – »Erschlagen, mit dem Hackenstiel«, hab ich geantwortet. »Und wo hast du sie versteckt?« – »Auf der Müllkippe bei der Umgehungsstraße begraben.«

Und da hat er selbst angefangen nachzudenken. Hat mich so seltsam angesehen. Als wäre er jetzt auch noch durchgedreht. »Wenn wir sie nicht finden«, hat er gesagt, »dann heißt das, du hast dir das nur ausgedacht. Dann kassierst du eine Anzeige, und ich schicke dich mit einem Arschtritt nach Hause. Aber wenn es stimmt, dann heißt das, du hast mit Contin geredet. Nur er kann dir gesagt haben, wo er die Leichen versteckt hat.«

»Hören Sie doch auf, Herr Kommissar«, hab ich gesagt. »Contin hat damit nichts zu tun. Oreste wollte mich um meinen Anteil betrügen, da hab ich ihn kaltgemacht. Und seine Alte gleich mit.«

»Was habt ihr vereinbart? Was hat er dir versprochen?« Er flehte mich geradezu um eine Antwort an.

Die Leichen haben sie dann nachts gefunden, haben bei Flutlicht mit Baggern gesucht. Ich war dabei, mit Handschellen ans Lenkrad gekettet. Der blutverschmierte Hackenstiel war auch dabei. Dann hab ich das Geständnis unterschrieben, und jetzt sitze ich wieder in der Zelle. Valiani hat alles versucht, um dem Haftrichter was anderes zu erzählen, aber der hat ihm nur ins Gesicht gelacht, bis der Kommissar ihm die Dienstmarke auf den Tisch geknallt hat und abgehauen ist.

Ich hab getan, was ich musste. Ich fühle mich scheiße, aber das ist mir egal. Ist sowieso nur noch eine Frage der Zeit, bis der Krebs mich für immer erledigt. Bevor ich ins Präsidium bin, war ich noch in der Kathedrale. Unter einem Schild mit »Beichtmöglichkeit« standen die Uhrzeiten. Ich hab mich hingekniet und dem Priester gesagt, dass ich eine Frau und ein Kind umgebracht hab, lange im Gefängnis war und jetzt wieder dorthin zurückging, um zu verrecken. Er hat mir versichert, dass Gott mir verzeiht. Schon mal gut. Man kann ja nie wissen. Ich hab ihn auch das mit der Dunkelheit gefragt, von der Contin erzählt hatte. Der Priester hat gesagt, Gott ist Licht. Scheiß auf Contin. Und scheiß auf den Beichtheini. Ich hab schon zum Haftrichter gesagt, ich gehe nicht vor Gericht. Das Geständnis haben sie, sie brauchen mich nicht mehr. Bald komme ich ins Haftkrankenhaus. Jetzt soll es nur noch schnell gehen. Ich schreibe gerade einen Brief an die Mutter, in dem ich sie um Entschuldigung bitte und darum, dass sie mich nicht mehr besuchen kommt. Ich könnte ihren Schmerz nicht mit ansehen. Wie immer hat sie die schlechteste Karte gezogen. Jetzt muss sie damit klarkommen, dass ihr Sohn vier Menschenleben auf dem Gewissen hat. Arme Mamma. Heute ist Dienstag. Nudeln, Gulasch, Gemüse. Nachher wird abgezählt. Und dann müsste noch der Putzmann vorbeikommen und mir ein bisschen Stoff bringen, den die Jungs mir schenken, als Trost, dass ich wieder sitze. Hoffentlich ist es nicht so wenig. Dann bin ich den ganzen Nachmittag high und brauche an nichts zu denken.

SILVANO

Ich konnte nicht glauben, dass Beggiato sich als Mörder von Oreste Siviero und seiner Frau gestellt hatte. Warum? Ich las alle Zeitungen und hörte sämtliche Nachrichtensendungen in Radio und Fernsehen. Das Ereignis hatte zu Kritik und Angriffen gegen Staatsanwaltschaft und Polizei geführt. Presottos Artikel war der giftigste von allen. Er trug den Titel »Wir haben es ja gesagt«. Gemäß dem ermittelnden Staatsanwalt gab es zwar in Details Lücken im Geständnis, doch sei das dem Gesundheitszustand des Beschuldigten zuzuschreiben. Dass die Leichen an dem von Beggiato angegebenen Ort gefunden wurden, tilgte jeden Zweifel an seiner Schuld. Das Motiv war sowieso allen klar. Siviero wollte den Anteil seines Komplizen behalten, was dessen mörderische Wut ausgelöst hatte. Genau dies waren die Worte des Pathologen. Und er hatte hinzugefügt, nur selten habe er dermaßen zugerichtete Körper gesehen. Jetzt saß Beggiato wieder im Gefängnis und würde es nie wieder verlassen. Nicht einmal, wenn er den Krebs überleben würde. Doch das schloss der Arzt, der ihm die Chemotherapie verabreichen wollte, mit absoluter Sicherheit aus. Er würde im Gefängnis sterben, wie ich es ihm gewünscht hatte. Ich war verwirrt. Nicht einmal Clara konnte mir helfen zu verstehen, warum er mich hatte retten wollen. Ich wollte ihm nicht dankbar sein, aber erleichtert war ich, dagegen konnte ich mich nicht wehren. Und das bereitete mir Unbehagen. Nicht mal Valiani war mir eine Hilfe. Rund eineinhalb Wochen später schaute er beim »Absatz-Blitz« vorbei. Ich hatte seinen Besuch erwartet, obwohl ich wusste, dass er nicht mehr im Dienst war. Ich hatte eine kurze Zeitungsnotiz gelesen, laut der er in Vorruhestand ging.

»Ich kann mir einfach nicht vorstellen, was für eine Absprache Sie mit Beggiato getroffen haben, diesem Arschloch.«

»Leider kann ich Ihnen nicht weiterhelfen.«

»Sie sind nicht der erste Schuldige, den ich davonkommen lassen muss, aber ich schwöre Ihnen, ich bleibe an der Sache dran.«

»Das Problem ist, dass Sie von Anfang an nicht verstehen wollten.«

»Ach ja? Ich fürchte, Sie sind geisteskrank, Signor Contin. Leider sind sie unangreifbar. Ich muss zugeben, Sie hatten recht, als Sie sagten, kein Richter würde es wagen, Sie vor Gericht zu zerren. Im Präsidium und bei der Staatsanwaltschaft haben sich alle freudig mit Beggiatos Geständnis zufriedengegeben, da kann seine Unschuld noch so sonnenklar sein.«

»Alle außer Ihnen.«

»Genau. Und als ich verlangte, dass Mordwaffe und Planen auf seine Fingerabdrücke hin untersucht würden, haben sie mich in den Ruhestand geschickt. Der Fall ist abgeschlossen.«

»Ich verstehe nicht, warum Sie sich wegen solcher Bestien wie Beggiato und Siviero diese Sorgen machen.«

»Dass Siviero tot ist und Beggiato bald auch, das interessiert mich tatsächlich wenig. Ich war immer für die Todesstrafe. Nur dass ein Gericht sie verfügen und der Staat sie ausführen müsste. Wir sind hier nicht im Wilden Westen, Signor Contin, und niemand hat Ihnen einen Sheriffstern an die Brust geheftet.«

»Und doch werden wir Opfer aufgefordert, über Begnadigung oder Nichtbegnadigung zu entscheiden.«

Valiani starrte mich verächtlich an. »Sie sind kein Opfer mehr. Begeben Sie sich in Behandlung. Sie sind krank.«

Und damit ging der Kommissar, schlurfend wie immer. Ich war sicher, wir würden uns nie wiedersehen, und das freute mich. Jetzt konnte mich niemand mehr in diese Sache hineinziehen. Auch die Journalisten belästigten mich nicht mehr mit ihren dämlichen Fragen über meinen Brief, in dem ich die Haftverschonung unterstützt hatte. Ich hatte immer nur geantwortet, ich sei kein Richter und verziehen hätte ich Beggiato sowieso nie.

Der Schrei war verstummt. Aber besser ging es mir nicht. Ich war noch verzweifelter. Der Schmerz pochte immer noch wie eine entzündete Wunde. In der Dunkelheit meines Geistes begegnete ich jetzt auch Oreste und Daniela. Und ich konnte den Gedanken an Beggiato nicht lassen. Mich zernagte die Neugier, warum und weshalb, und manchmal hoffte ich sogar, dass er nicht leiden musste. Mein Leben lief weiter wie früher. Dieselben ewig wiederholten Bewegungen in absoluter Einsamkeit.

RAFFAELLO

Verdammte Hurenscheiße, was tut das weh. Sie sagen, ich bin selbst schuld, weil ich die Chemo verweigert hab, und richtig Morphin wollen sie mir nicht geben. Scheiß Quacksalber. Ich hab's ja gewusst, im Haftkrankenhaus lassen sie mich verrecken. Ich bitte, bettle, flehe, schimpfe, fluche. Nichts zu machen. Ich bin ein grausamer mehrfacher Mörder, und so etwas wirkt sich auch hier im Haftkrankenhaus aus. Mamma, tut das weh. Am Ende haben sie es mir doch gesagt: Es ist Magenkrebs. Und jetzt halt ich mir die ganze Zeit nur noch den Pansen. Ich bin so dünn wie ein Nagel, aber wenigstens hab ich noch Haare auf dem Kopf. Stoff gibt's hier auch welchen zu kaufen, aber nur zu Mordspreisen, und ich hab kein Geld. Außerdem kann ich sowieso nicht mehr aufstehen. Jetzt geht es nicht mehr lange. Hat mir auch der Priester gesagt. »Gib dir einen Ruck. Bitte Gott um Vergebung deiner Sünden!« – »Verpiss dich bloß!«, hab ich ihn angeschrien. »Seit mehr als fünfzehn Jahren bitte ich um Vergebung!« Ich quäle mich die ganze Zeit mit der Vergangenheit rum. Und mit Scheißselbstvorwürfen. Ich hab alles falsch gemacht. Ich mag nicht mal mehr daran denken. Kann's schon gar nicht mehr erwarten, abzukratzen und zu sehen, was nun wirklich auf der anderen Seite ist. Wenn es Gott gibt, dann hat er vielleicht auch Mitleid. Aber Contin hatte recht mit der Dunkelheit. Manchmal kann ich gar nichts mehr sehen und fange an, vor Angst zu zittern. Wer weiß, ob der Arsch wieder zur Vernunft gekommen ist. Hoffen wir, dass er seine zweite Chance wahrnimmt. Verdammt, hab ich ein beschissenes Leben gehabt. Und jetzt verrecke ich wie ein Stück Vieh. Hier in der Abteilung sind nur Todkranke und der Tod selbst. Und niemand hat Mitleid. Wir sind der Abschaum der Gefängnisse, der nicht mal wert ist, in einem normalen Krankenhaus zu krepieren. Je früher wir nicht mehr stören, desto besser. Ich hab Giorgia einen Brief geschrieben. Liegt seit fast einem Monat im Nachttisch. Jetzt ist es so weit, jetzt schicke ich ihn ab.

SILVANO

Raffaello Beggiato starb wenige Monate später. Ich las es in der Zeitung. Die Beerdigung beobachtete ich aus der Ferne. Neben der Mutter nahmen nur Giorgia Valente und Don Silvio daran teil. Ein Stück abseits standen die Journalisten, Presotto ganz vorn. Tags darauf erschien sein Artikel mit der Überschrift »Die Einsamkeit des Killers«.

Der Prozess um den Doppelmord Siviero-Borsatto wurde abgesagt wegen Todes des Angeklagten. Der Fall war endgültig im Archiv begraben. Ein Aktendeckel in einem Schrank.

Bis zum Schluss hatte ich gehofft, Beggiato würde es mir noch erklären. Jeden Tag hatte ich im Briefkasten nachgesehen, umsonst. Sein Tod war mir nicht gleichgültig. Meine Gefühle ihm gegenüber waren gespalten, aber immer verwirrend. Manchmal kam es mir so vor, als würde ich ihm etwas verdanken, dann holte ich schnell die Fotos von Clara und Enrico aus der Schublade, und der Hass kam wieder hoch und gab mir Trost und Sicherheit.

Die Zweifel quälten mich, bis eines Tages Giorgia Valente am Tresen vom »Absatz-Blitz« lehnte. Sie war noch hässlicher und fetter, als ich sie in Erinnerung hatte. Erst bediente ich die anderen Kunden, dann fragte ich, wie ich ihr behilflich sein könne.

»Du hast dich nicht mehr blicken lassen«, sagte sie. »Mein Arsch gefällt dir wohl nicht mehr?«

»Kommst du, um mich das zu fragen?«

»Nein. Ich wollte dir ins Gesicht schauen, um mal zu sehen, wie es einem geht, der jetzt eigentlich im Gefängnis sitzen müsste.«

»Ich verstehe nicht …«

Sie hob die Hand, um mich zu unterbrechen. »Ich weiß alles. Raffaello hat es mir erzählt.«

Ich seufzte. »Willst du das Geld?«

»Nein. Von dir will ich gar nichts. Du widerst mich an. Du hast mich immer angewidert.«

»Also, was willst du dann?«

»Ich bringe dir eine Nachricht von Raffaello: Vergeude nicht deine zweite Chance.«

»Was soll das heißen?«

»Das hast du noch nicht begriffen?«, fragte sie wütend. »Armer Raffaello, er ist hinter Gittern gestorben, um sie dir zu geben«, blaffte sie und ging.

Nach ein paar Schritten drehte sie sich noch einmal nach mir um und schrie los. »Vergeude sie nicht, du Arschloch! Wir haben nie eine gehabt. Nie!«

Alle drehten sich nach ihr um. Giorgia Valente starrte mich hasserfüllt an. Dann hastete sie mit klackernden Absätzen davon.

EPILOG

Heute habe ich mich wieder im Internet eingeloggt und die Homepage der Sendung angeklickt, die nach vermissten Personen sucht. Ich bin immer noch unter den »dringenden Fällen«, obwohl schon ein Jahr vergangen ist, seit ich das Haus verlassen habe, um nie wiederzukehren. Die Journalisten haben sich lang und breit mit der Sache befasst. Fast alle glauben, ich müsse mir das Leben genommen haben, denn ich habe alles gelassen, wie es war: die Wohnung, den Laden, das Auto und auch die Garage, in der ich die Erinnerungen an mein voriges Leben aufbewahrte. Der unvermeidliche Presotto hat als Motiv schlechtes Gewissen unterstellt, weil ich Beggiato zur Freiheit verholfen hatte. In Wirklichkeit bin ich gesund und munter, mein Verschwinden war von langer Hand geplant. Der Tod der alten Mandruzzato hatte mich gezwungen, den Koffer mit dem Geld und dem Pass aus ihrem Keller zu holen. Eine Woche lang hatte er unterm Bett gestanden, bis ich mich dazu entschloss, ihn zu öffnen. Ich kippte das Geld aufs Bett und blätterte in dem Pass, der auf den Namen Pietro Andrea Bertorelli ausgestellt war. Nur noch das Foto fehlte. In einer Seitentasche hatte ich den Stempel gefunden, der die Echtheit des Passfotos amtlich beglaubigte. Ich zählte das Geld. Beggiato hätte es nicht ausgeben können, nicht mal, wenn er sich wirklich Mühe gegeben hätte. Es reichte für ein ganzes Leben. Der Koffer wanderte an seinen Platz zurück. Jede Nacht vorm Zubettgehen kontrollierte ich, ob er noch an Ort und Stelle war.

Zu jener Zeit wurde mein einsames Leben noch einmal durch einen Brief unterbrochen, einen mittelgroßen, gefütterten gelben Umschlag. Absenderin war eine gewisse Gianna Tormene. Drinnen befanden sich zwei Fotos. Sie zeigten eine lächelnde Frau auf einer Parkbank. Ich brauchte einige Zeit, um sie zu erkennen, aber es war Clara. Seit vielen Jahren hatte ich auch in den süßesten Träumen stets nur ihr Gesicht im Todeskampf im Krankenhaus vor mir gesehen. Im Begleitbrief erklärte die Frau, ihr Sohn sei ein Schulkamerad von Enrico gewesen. Die Fotos habe sie mal einfach gemacht, als sie zusammen mit den Kindern im Park waren. Leider habe sie keines von Enrico, die Kinder hätten gerade auf der Wiese gespielt und seien zu weit weg gewesen. Meine Adresse hatte sie von meinem Anwalt, einem Freund der Familie. Sie hatte beschlossen, mir die Fotos trotz der langen Verspätung zu schicken, denn sie dachte, ich würde mich darüber freuen.

Ich rahmte die Bilder ein und stellte eines auf den Nachttisch, das andere ins Wohnzimmer. Aber ich vermied, sie anzusehen. Diese Frau war nicht mehr meine Clara. Irgendwann wurde mir alles unerträglich. Meine Wohnung, der »Absatz-Blitz«, der Friedhof, das beim Metzger gekaufte Fertiggericht, die Fernsehquiz. Mir ging es immer schlechter. Die Dunkelheit, die meinen Geist umfing, wurde von grellen Lichtblitzen durchzuckt, das Blut von Siviero und seiner Frau wurde immer röter. Der Gedanke an Valiani und Beggiato wurde zur Besessenheit und ließ sich kaum abstellen. Manchmal bekam ich Atemnot und regelrechte Panikanfälle. Aus Angst, die Kontrolle zu verlieren, suchte ich sogar einen Therapeuten auf. Umsichtig beschrieb ich ihm die Symptome, verschwieg aber, was in meinem Kopf ablief. Aber meine Geschichte reichte aus, um ihn davon zu überzeugen, dass ich krank war. Er verschrieb mir eine Reihe von Medikamenten, und fast sofort ging es mir besser. Viel besser. Meine Kräfte kehrten zurück, das Leben allerdings blieb unerträglich. Bald ertrug ich auch den Therapeuten nicht mehr. Unnützes, lästiges Gerede. Eines Tages ging ich während der Mittagspause zum Fotografen des Einkaufszentrums, und nach dem Abendessen klebte ich eines der vier Fotos in den Pass und stempelte es mit dem Amtssiegel ab.

»Ich heiße Pietro Andrea Bertorelli«, sagte ich laut vorm Spiegel, ein Mal, zwei Mal, drei Mal, zwanzig Mal hintereinander.

Ich begann den Pass mit mir herumzutragen. Ich hatte es so satt, Silvano Contin zu sein. Eines Sonntags sah ich zufällig eine Sendung über Reisen. Der Rest war nur noch ein Wirbel von Gedanken und Handlungen. Heute lebe ich in Fort-de-France auf Martinique, als Monsieur Pietro Andrea Bertorelli. Die Dunkelheit umfängt meinen Geist immer noch, die Vergangenheit hört nicht auf, mich zu verfolgen, doch bin ich wenigstens etwas gelassener und bewusster. Ich nehme weiter die Psychopharmaka, aber ich nehme sie gern. Sie erlauben mir ein Leben, ohne in den Abgrund des Wahnsinns zu gleiten. Ich darf nur keinen Alkohol trinken, der könnte das chemische Gleichgewicht stören, das meinen Geist steuert. Aber das ist kein allzu großes Opfer. Die französischen Antillen sind zwar für ihren Rum berühmt, aber ich esse lieber gebackene Bananen. Hier bin ich nicht mehr der Mann, dessen Frau und Sohn umgebracht wurden, ich kann den Kopf hoch erhoben tragen, ohne Angst, dass man mich erkennt. Ich sehe Blumen an und schaue den grellbunten, leichten Röcken der jungen Frauen nach. Vom Balkon meiner neuen Wohnung aus sehe ich den Sonnenuntergang im Meer. Ich verspüre keine Emotionen, nur Neugier. Heute ist mir absolut klar, dass ich zwei Menschen ermordet habe. Ich hätte es auch sein lassen können. Aber es war mein volles Recht zu entscheiden, ob ich verzeihen wollte oder nicht. Und ich habe niemandem verziehen. Auch Beggiato nicht. Er meinte, er hätte mir ein neues Leben ermöglicht, indem er mir das Gefängnis ersparte. Vielleicht meinte er auch, das sei eine selbstlose Geste gewesen und die Rechnung sei beglichen. In Wahrheit hatte er mir – und auch das nur teilweise – zurückgegeben, was er mir genommen hatte.

NACHWORT

Im April 1841 erschien im »Graham's Magazine« mit »Der Doppelmord in der Rue Morgu« die erste Kriminalgeschichte überhaupt. Ihr Verfasser, Edgar Allan Poe, entwirft in dieser Short Story nicht nur den Prototyp einer Detektivgeschichte, deren Erzähltechnik bis heute adaptiert wird, sondern schafft mit C. Auguste Daupin auch einen Hauptdarsteller, der – alle Zeiten überdauernd – immer noch zum Personal vieler guter Kriminalromane zählt: den exzentrischen Amateurdetektiv. Dupins analytische Fähigkeiten führen schließlich zur spektakulären Auflösung des Falls (es war ein wild gewordener Affe), aber ebenso im Gedächtnis bleibt seine beinahe kulthafte Verehrung der Nacht, ein Motiv, das in anderen Erzählungen Poes noch weitaus mehr Raum einnimmt und das metaphorisch die Abgründe des Menschen und die »Nachtseite der Moderne« aufzeigt.

Dieses Hin- und Hergerissen sein zwischen den Mächten des Hellen und Guten und dem Dunklen und Bösen trieb auch einen seiner größten Förderer um, den Schriftsteller und ersten Übersetzer Edgar Allan Poes: Charles Baudelaire.

Baudelaire, dessen »Les Fleurs du Mal« (»Die Blumen des Bösen«) Mitte des 19. Jahrhunderts die Lyrik in Europa revolutionierte, beschreibt Großstadt in all ihren Facetten und mit ihr den neuen Typus des Großstadtmenschen, ein von Pessimismus und Melancholie bestimmtes und dem Dasein entfremdetes Individuum, das sich im Irrgarten der eigenen Existenz zunehmend ängstigt.

Legt man nun die Erzählmotive dieser beiden Seelenverwandten zusammen, und ergänzt sie um das Bild des *Poète maudit* – dessen Werk sich provokant und selbstzerstörerisch dem Geschmack der Mehrheit entgegenstellt und dessen Leben selbst von Zerrissenheit geprägt ist –, dann lassen sich Romanfiguren denken, die dem von seinen Zeitgenossen als zügellos und lasterhaft beschriebenen Charakter Edgar Allan Poes und jenem des drogen- und alkoholabhängigen Revolutionärs Baudelaire nicht unähnlich sind. Und man erhält das natürliche Habitat des Noir-Protagonisten mit seinem zwischen Nihilismus, Zynismus und Melancholie changierenden Seelenzustand.

Was nun noch fehlt, ist das dazugehörige Klang-Bild, um die dunkle Spielart des Kriminalromans vollends zum Leben zu erwecken.

»Der Doppelmord in der Rue Morgue« wurde 1932 verfilmt. Für die Bilder war Karl Freund verantwortlich, einer der bedeutendsten Kameramänner des expressionistischen Stummfilms in Deutschland, Erfinder der entfesselten Kamera und der scharfen Hell-Dunkel-Kontraste, der mit Filmen wie »Der letzte Mann«, »Metropolis« oder »Berlin – Die Sinfonie der Großstadt« Meisterwerke der Filmkunst geschaffen hat.

Ohne ihn und Regisseure wie Fritz Lang, Billy Wilder oder Max Ophüls, um nur einige zu nennen, wäre der Film Noir, so wie wir ihn heute kennen, undenkbar. Im Hollywood der frühen 1940er Jahre waren es vor allem europäische Filmemacher, die die visuellen und thematischen Grundlagen für den Film Noir legten. Aber die wirklich großen Stoffe lieferte die amerikanische Hardboiled-Kriminalliteratur.

Dashiell Hammetts »The Maltese Falcon« (»Der Malteser Falke«) bot die Vorlage für John Hustons »Die Spur des Falken«, und auch die meisten Romane von Raymond Chandler, dem Schöpfer von Privatdetektiv Philip Marlowe, wurden verfilmt, ebenso wie die Werke von Cornell Woolrich (»Das Fenster zum Hof«) oder James M. Cain.

Dies war der Beginn eines überaus regen Austauschs von Gedanken und Ideen über Kontinente hinweg, der nicht nur den Film oder die Literatur betraf, sondern auch die Philosophie, die Musik, die Bildende Kunst.

Der französische Verlag Gallimard verlegte ab 1945 mit der *Série noire* die wichtigsten Hardboiled-Autoren in französischer Sprache, und die Filmregisseure Pierre Chenal und Luchino Visconti adaptierten unabhängig voneinander James M. Cains »The Postman Always Rings Twice« (»Wenn der Postmann zweimal klingelt«). Die Nouvelle Vague, der italienische Neorealismus oder die vom Existenzialismus beeinflussten Filme von Jean-Luc Godard, François Truffaut oder Claude Chabrol, alle profitierten sie von dieser neuen Art des Erzählens und auf faszinierende Weise verschmolzen Hoch- und Populärkultur sowohl in Amerika als auch in Europa.

Und um den Begriff des Klang-Bilds endlich näher zu erläutern: Während sich die europäischen Existenzialisten in Harlem herumtrieben, um die Schwarze Clubkultur und Musik zu entdecken, feierte Miles Davis in Paris Triumphe.

Jazz und Noir, das gehört unbedingt zusammen – legendär sind Miles Davis' Soundtrack zu Louis Malles »Ascenseur pour l'échafaud« (»Fahrstuhl zum Schafott«) oder Martial Solals großartige Filmmusik zu »À bout de respiration soufflé« (»Außer Atem«) von Godard, in der sich die Musik auf so unvergleichliche Weise mit den Alltagsgeräuschen von Paris verbinden. Aber »Crime-Jazz« ist nur einer der zum Noir passenden Musikstile, Rock-, Blues-,

Country- oder Rap-Musik sind ebenso stilbildend und liefern den Sound für viele der Neo- und Country-Noir-Filme der Gegenwart. Unverändert inspirieren sich unterschiedliche Kunstgattungen und Kulturen gegenseitig und die Anfänge des Noirs fungierten, das darf man wohl sagen, als Katalysator.

Das bildet auch die vorliegende Auswahl ab. Sie stellt nicht die wichtigsten und bekanntesten Werke des Krimi-Noir zusammen, denn die sind alle hinreichend gelesen und rezipiert. Vielmehr folgt sie der eben beschriebenen Spur, stellt Verbindungen zwischen dem amerikanischen und europäischen Noir her und versammelt herausragende Romane aus beiden Kontinenten. Beginnend mit James M. Cains letztem und lange verschollenen Roman »Abserviert«, führt sie in das Harlem der frühen 1960er Jahre, stellt mit Ulf Miehes »Puma« einen der wenigen deutschsprachigen Noir-Romane vor und besucht Fabio Montale, einen kleinen Polizisten mit Hang zum guten Essen, in Marseille. Massimo Carlottos »Die dunkle Unermesslichkeit des Todes« ist ebenso beklemmend und grandios, wie der Titel es vermuten lässt, und mit Charles Willeford, Jim Nisbet und Nic Pizzolatto wird die ganze Bandbreite des amerikanischen Noir erlebbar.

Die ausgewählten acht Titel sind – wie es sich gehört – voller zwielichtiger Gestalten, dunkler Ecken und trauriger Helden. »Der Krimi«, so hat es James Ellroy mal ausgedrückt, »ist ein Filter für das negative Potenzial, das man in sich trägt.« Noir aber ist mehr. Als Leser kann man sich mal auf diese, mal auf jene Seite schlagen und insgeheim die Untiefen der eigenen Persönlichkeit ausloten. Und nicht selten zerfließt die widersprüchliche Weltanschauung des Helden mit der eigenen. Was entweder Entsetzen oder wohlige Schauer auslöst.

Peter Graf

Massimo Carlotto, geboren 1956 in Padua, ist einer der erfolgreichsten Schriftsteller Italiens. Als Sympathisant der extremen Linken wurde er in den 1970er Jahren zu Unrecht wegen Mordes verurteilt. Nach fünfjähriger Flucht und einer Gefängnisstrafe von sechs Jahren wurde er 1993 begnadigt. Er lebt heute auf Sardinien.

Lizenzausgabe der Süddeutsche Zeitung GmbH, München,
für die Süddeutsche Zeitung Edition 2016

Massimo Carlotto
Die dunkle Unermesslichkeit des Todes
Die Originalausgabe erschien 2005 unter dem Titel
»L'oscura immensità della morte« bei Edizioni e/o

Die Deutsche Erstausgabe erschien 2008 beim Tropen Verlag

Aus dem Italienischen von Hinrich Schmidt-Henkel

Herausgeber: Peter Graf | WALDE+GRAF Verlagsagentur und Verlag GmbH
walde-graf.de
Projektmanagement: Till Brömer
Gestaltung und Layout: studio stg, studio-stg.com
Druck- und Bindearbeiten: CPI books GmbH, Ebner & Spiegel Ulm

Printed in Germany
ISBN: 978-3-86497-360-4

Weitere Titel der Reihe

Krimi Noir

NIC PIZZOLATTO
GALVESTON
NOIR
KRIMI

Ein Mann ohne Kopf fährt Motorrad, zwei Polizisten begegnen einer fliegenden Untertasse, und ein Toter erwacht wieder zum Leben ... Ein bisschen viel auf einmal, sogar für Harlem, das allerhand gewohnt ist. Grave Digger und Coffin Ed, die beiden schwarzen Detektive, haben alle Hände voll zu tun, um wiederherzustellen, was in Harlem für Ruhe und Ordnung gilt.

Chester Himes – *Harlem dreht durch*

8,99 €

ISBN: 978-3-86497-355-0

Neun Jahre hat Franz Morgenroth, Fremdenlegionär, Berufsverbrecher, auf den Tag der Entlassung gewartet. Endlich ist es für den Puma soweit. Nun will er den bis ins kleinste durchdachten Coup verwirklichen, zusammen mit dem New Yorker Killerprofi Robert Tomcik und dem Londoner Autoknacker John Maugham. Und da ist noch Billie, die attraktive Tochter eines steinreichen deutschen Panzerfabrikanten und Waffenschiebers. Aber gerade durch sie geht seine Rechnung nicht auf.

Ulf Miehe – *Puma*

8,99 €

ISBN: 978-3-86497-362-8

Nach einem Autounfall, bei dem ihr Mann ums Leben kam, sieht sich die schöne Joan gezwungen, ihren Lebensunterhalt als Kellnerin in einer Cocktailbar zu verdienen, um das Sorgerecht für ihren Sohn zurückzugewinnen. In der Bar lernt sie zwei Männer kennen: Einen attraktiven, jungen Herumtreiber und einen wohlhabenden, aber gesundheitlich angeschlagenen älteren Mann, der sie für ihre Aufmerksamkeit mit ungewöhnlichen Angeboten belohnt. Es beginnt eine gefährliche Dreiecksbeziehung.

James M. Cain – *Abserviert*

8,99 €

ISBN: 978-3-86497-356-7

Der indisch-stämmige Akademiker Banerjhee Rolf hat es in Kalifornien zu einem schmucken Eigenheim gebracht; in der Biotech-Branche scheinen ihm die Türen offen zu stehen. Doch die Idylle trügt: Eine feindliche Übernahme seiner Firma kostet ihn nicht nur Job und Karriere, auch im privaten Umfeld gehen ihm gesellschaftliche Verfallserscheinungen in Person seines mit Drogen dealenden Nachbarn an die Nieren. Toby Price, ein paranoider Kiffer und Tunichtgut, ist merkwürdig kommunikativ, seit irgendjemand unpatriotische Videopamphlete in seinen Pay-TV-Pornokanal einspeist …

In dem für den Hammett Award nominierten Noir-Thriller dominieren unberechenbare Zufälle und Chaostheorie. In Nisbets Welt schützen weder intellektuelle Überlegenheit noch Gutmenschentum vor Kollateralschäden.

Jim Nisbet – *Dunkler Gefährte*

8,99 €

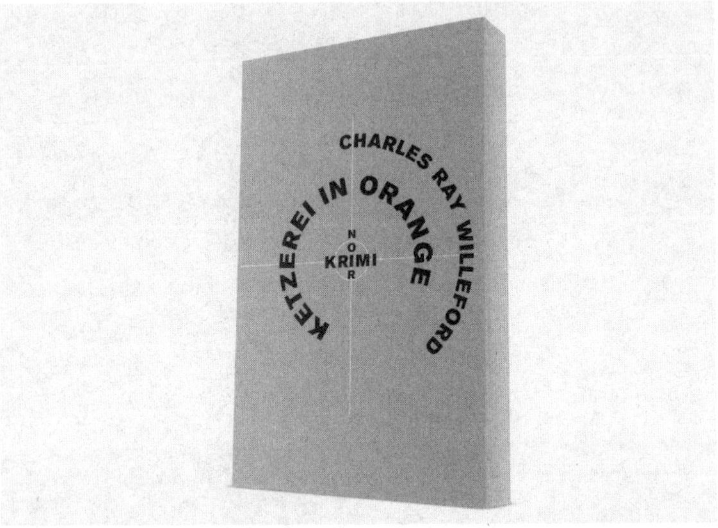

Einbruch, Diebstahl, Brandstiftung: Dem selbstgefälligen Kunstkritiker James Figueras ist schier jedes Mittel recht, um seinen Namen als Koryphäe des Kunstbetriebes verewigen zu können. Als ihm der wohlhabende amerikanische Kunstsammler Cassidy ein Interview mit dem verschollenen, weltberühmten französischen Künstler Jacques Debierue in Aussicht stellt, der plötzlich im sumpfigen Süden Floridas wieder aufgetaucht sein soll, kann er der Versuchung nicht widerstehen, mit einem Handstreich zu unsterblichem Ruhm zu gelangen. Doch Cassidy vermittelt ihm diese Gelegenheit nicht aus reiner Nächstenliebe. Als Gegenleistung will er ein Gemälde von Debierue für seine Sammlung, und James Figueras soll es für ihn stehlen … und wenn er dafür über Leichen gehen muss!

Charles Ray Willeford – *Ketzerei in Orange*

8,99 €

ISBN: 978-3-86497-359-8

Fabio Montale ist ein kleiner Polizist mit Hang zum guten Essen und einem großen Herzen für all die verschiedenen Bewohner der Hafenstadt: für die Italiener, die Spanier, die Algerier und auch die Franzosen. Ob einer Polizist wird oder Gangster, das ist reiner biografischer Zufall. Freund bleibt Freund. Deswegen muss Fabio auch handeln, als zwei seiner Gangster-Freunde ermordet werden. Als die beiden gerächt sind, muss er feststellen, dass das Spiel nach Regeln gespielt wird, die mit Ehre nichts zu tun haben. Von Leuten, denen genauso egal ist, ob einer Polizist ist oder Verbrecher.

Total Cheops – ***Jean-Claude Izzo***

8,99 €

ISBN: 978-3-86497-358-1

Die SZ Edition Krimi Noir versammelt herausragende Noir-Romane und stellt neben amerikanischen Klassikern auch europäische Autoren dieses Genres vor. Sie spannt einen Bogen von den 1960er-Jahren bis in die Gegenwart. Die Auswahl wartet mit großen Namen auf, aber auch mit Romanen, die jetzt wiederentdeckt werden können.

Im Noir-Krimi geht es nicht nur um Spannung und plotgeladene Unterhaltung, um schwarz und weiß, sondern um die feinen Abstufungen dazwischen: über Moral und Unmoral, Gut und Böse, Gerechtigkeit und Unrecht, Zynismus und Melancholie, über das Fressen-oder-gefressen-Werden.

Acht Krimi-Noir-Romane im Schuber

55,50 €

ISBN: 978-3-86497-363-5